# 夏服を着た恋人たち

マイ・ディア・ポリスマン

小路幸也

JN100418

祥伝社文庫

# 一　宇《う》田巡《ためぐる》　巡査

〈東楽観寺前交番《ひがしらつかんじまえ》〉の入口脇には、コカ・コーラの真っ赤な木製のベンチがある。

元々のあの赤色は全部はげ落ちてもう何度も塗《ぬ》り替えているので、コカ・コーラのオリジナルの木製ベンチなのかどうかの証明はできないんだけど、行成《ゆきなり》は間違いなく置かれたときにはあのロゴがあったのを覚えているそうだ。

「暑いわ！」

「そりゃ暑いだろう」

その真っ赤なベンチには凶暴な陽射《ひざ》しが真上から降り注ぐどころか、ぶつけられているんじゃないかというぐらいの勢いで落ちてきている。

そこに座っているんだから暑いのはあたりまえだ。いくらアイスキャンディーを食べたって一瞬で涼しさは消えるし、早く食べないとあっという間に溶けていく。

「副住職が小学校の男子みたいに、そこでアイスキャンディーを食べてるってのは体裁《ていさい》悪くないか」

「坊主は衆生《しゆじよう》に親しまれてなんぼだぞ。親しみやすくていいだろう」

「まぁ一理あるけど」

ただでさえ行成は顔がカミソリのように切れ味鋭そうで怖いんだから。

「ここにあのパラソルを置くっていうのはどうだ。ビーチパラソル。日陰ができて涼しくなる」

「そこまでしてそこに座る必要はないだろう。境内《けいだい》には日陰が山ほどあるじゃないか」

「境内は妙に涼しくて夏は逆にイヤなんだよ。暑くてナンボの夏だろう」

気持ちはわかる。

交番の裏に、いや交番がお寺の正面入口脇にあるんだが、〈東楽観寺〉の境内には背の高い木がたくさんある。境内の三分の二ぐらいは日陰になっているんじゃないかってぐらいに、夏の葉が生《お》い茂り、風が吹くと葉擦《ず》れの音が四方にゆったりと響き渡る。

そして境内は夏真っ盛りのこの時期でも本当に涼しく感じる。あくまでも風が吹けば、という条件付きだけど。

「どうしてお寺って木がよく育つんだろうな」

「それはお前、神社仏閣ってのはな、その土地でいちばん地味《ちみ》がいいところを選んで建てたからだ」

「ちみ？」

「地面の味と書いてちみと読む。土の持つ力だな。養分か」

「作物がよく育つような肥沃《ひよく》な土地か」

そういうことだ、って行成は頷《うなず》きながら小さなクーラーボックスから今度はペットボトルの飲み物を取り出した。小学生の遠足じゃないんだからさ。

「飲むか？」

「仕事中だけど、いただくよ」

誰のせいでこうやって炎天下に必要のない立番《りつばん》をしてると思うんだ。お前がそこに座って僕と話をしたがるからだ。西山《にしやま》さんは優しいし、そもそも〈東楽観寺〉と〈東楽観寺前交番〉は【特別地域事情要件】で深い繋《つな》がりがあるから、そこの副住職さんが話をしに来たらきちんと相手をしなきゃならない。もちろん幼馴染《おさななじ》みだからでもあるんだけど。

「今年もエアコンは入らないんだな」

「今年どころかたぶんずっと入らないよ」

〈東楽観寺前交番〉にはエアコンがないんだ。奥の休憩室《きゅうけい》にはあるからそこのを動かして、間にある扉《とびら》は開けているんだけど、雨風が強くなければ常に交番の入口の扉は開けっ放《ぱな》しなんだから効《き》きやしないんだ。余程のことがない限り、交番というハコに新規予算を上げることなどしない。

「もちろん物品が壊れれば、堂々と請求できるんだけどね」

「あるいは車が飛び込んでくるかだな」

どちらも決して起こってほしくはないけれど、そういうことになってしまう。

行成が、ふと何かに気づいたように頭を捻《ひね》った。

お前もここに来て丸二年が過ぎて、三年目だよな」

「そうだね」

三度目の夏が来た。

「交番勤務ってのは、三年やそこらで異動があるってどこかで聞いたけどな。その辺はどうなんだ」

「それは」

答えようがない。

「明確な決まりがあるわけじゃないからね」

「ないのか」

「ないんだよ。あくまでも三年という目安みたいなものはあるけど、それはどんな職種でもそうじゃないかな？　三年もやれば昇進したりどこかへ異動したりするものだろう」

「まぁ、そうかもな」

交番勤務もそうだ。

「三年と言いながら、十年も同じところで勤務している人もいるし、希望を出せばそのままずっと交番勤務だってありうるんだ」

西山さんがそうだ。もう十年以上ここにいる。

「そういうものか。じゃあ、お前はどうするんだ。辞令が出なくたってこの先のことを考えたら、昇任試験を受けたり、自分の希望みたいなものは出せるんだろう？」

「あぁ、もちろん」

試験は受けたんだけど。

「言ってなかったっけ」

「何を」

「昇任試験は春に受けたんだよ。巡査部長のね」

「マジか。受かったのか？」

「筆記試験はね」

筆記か、って行成はイヤそうな顔をする。

「ってことはその後に実技とか面接とか続くってことか。警察ってのもそういうシステムになってるのか」

「システムもシステム。何せ公務員なんだからね」

「そうだったな」

僕には比較検討ができないからわからないけど、巡査部長の昇任試験がいちばんの難関らしい。

「先輩方は皆そう言うね。巡査部長になってしまえば、後はそれに比べたら楽だったって」

なるほどね、って行成が頷く。

「実技とか面接とかはいつなんだ」

「もうすぐだよ。そこで受かったら受かったで今度はいろんなものを受講しなきゃならなくて、それが終わったら配置転換、つまり異動もあるんだ」

「いやでも」

顔を顰《しか》めて、行成が後ろの交番の中で書類仕事をしている西山さんを気にして声を落とした。

「お前の場合は、その最終面接とかで落とされたりするんじゃないのか」

うん。

「その可能性はある」

僕も小声で答えた。

西山さんは、春に本部の監察《かんさつ》の柳《やなぎ》と僕の間にあったことを、ほとんど何も知らないし、知らない方がいいことだ。間違いなくトップに近い誰かは僕がどんな人物かを知っている。その人たちが僕の昇任を阻《はば》むことは確かにあるかもしれない。

「じゃあ、何で受けたんだ」

「しょうがないんだ。昇任試験を受ける資格のある者は受けろって上からせっつかれるんだよ。それぞれの所轄《しょかつ》ごとにノルマみたいにさ」

「ノルマぁ？　そんなものがあるのか？」

あるんだよそれが。

「昇任試験を受けて昇任する人間が多ければ多いほど、そこは優秀な警察官揃《ぞろ》いってことだからね。お偉いさんの間ではそれがひとつのステータスになったり、出世争いに響いたりするんだってさ」

はぁあ、って行成が声を上げながら首を横に振った。

「やだやだ。どこの世界に行ってもそんなのがあるなんて」

宗教の、仏教の世界でもそんなのがあるらしい。宗派や地域によっていろいろらしいんだけど、お坊さんになっても煩悩《ぼんのう》はなくならないものらしい。

それにしても、暑い。

セミが我が世の春と、いや夏なんだけど、鳴きまくっている。

「これから忙しくなるんだろう。お寺は」

「まさしくその通り」

お盆のときには、檀家《だんか》を回ってお経《きょう》を上げるというのは聞いて知っている。思えば実家でもお坊さんが来ていたような気もする。

「あれはまさしく修行だぞ」

「何軒ぐらい回るんだ」

「俺は、大体一日四十軒だ」

四十軒って。

「そんなに回れるものなのか？　全部の家でお経を上げるんだろう？」

「上げるんだよ。そして回るんだ。住職と檀家を半分ずつに分担して回るんだけど、年々その比率は俺の方に偏《かたよ》っている。親父は去年は二十軒だからな」

二十軒でも大変な話だ。

「お経を上げるってのも、けっこう体力がいるよね。十分やそこらずっと歌うみたいなものだものね」

そうなんだよ！　って行成は力を込めて言った。

「そこんところをわかってもらえないんだよな。お経上げるだけで金貰《もら》えるんだからいいよなってさ」

「確かにね」

一軒だけで済むなら楽だって思えるかもしれないけど、それを一日四十軒も繰り返すっていうのは。

「ミュージシャンが野外フェスを一人で一日中やるようなものだよねきっと」

交番の電話が鳴った。

「はい〈東楽観寺前交番〉です」

西山さんが電話を取ったので、中に戻った。行成もついてきた。交番への電話はもちろん本部からの事務的な電話連絡もあるけれども、事故や事件現場への出動要請や、町内からの通報の場合も多い。

「はい、そうですよ」

西山さんが僕に目線を送った。それで、これは緊急性のあるものじゃないってわかったので少し肩の力を抜いた。

「なるほど。〈グレースタワー〉ですね？　本材町《ほんざいまち》の。奈々川《ななかわ》駅前の。はい、わかりますよ」

それは川向こうの奈々川駅前にある大きなマンションの名前だ。この辺では唯一《ゆいいつ》と言ってもいいぐらいの高層マンション。

「はい、確かにそうですね。はい、はい」

西山さんが顰《しか》め面《つら》を見せた。明らかに市民からの電話だってことは西山さんの口調でわかったけれど、これは何かの苦情のパターンか。

「わかりました。もちろん、そうです。市民の安全を守るのが我々警察官の使命です。はい、そうであるならばそれは由々《ゆゆ》しき事態ですね。はい、わかりました。いずれにしましても、こちらで調べてお伝えしますので、ご連絡先を。あ、そうですか。いやもちろんですよ。はい、はい。情報をありがとうございました。はい、失礼します」

受話器を置きながら、小さく息を吐《は》く。

「匿名《とくめい》の通報ですか」

「そうだね」

立ち上がって、壁に貼ってある奈々川市内の地図の前に立った。

「本材町の高層マンション〈グレースタワー〉って知ってるよね」

「もちろんです」

地図の前に進んだら行成も近づいてきた。

「JR奈々川駅の向かい側ですよね」

「マンションとしては絶好の立地だよな。けっこう高いんだろう？　高さだけじゃなくて値段も」

そう聞いている。

「そこのね、最上階にある部屋が、暴力団の事務所になっているんじゃないかっていう通報だったんだよ」

「暴力団の？」

「事務所？」

行成と二人で交互に言ってしまった。

西山さんが頷いた。

「何でもね、それらしい男たちが出入りしているのを最近になってよく見かけるらしいんだよ。明らかにそういう雰囲気の怪しい男たちだって」

「通報してきたのは同じマンションの住人でしょうかね」

たぶんね、って西山さんが言う。

「でも、本人はそう言わなかったね。名前を訊《き》こうとしたら怒られたからね。自分に何かあったら責任を取れるのかって」

「いるよねー。そういう人」

行成が唇《くちびる》を歪《ゆが》めてから続けた。

「それで、警察でちゃんと調べて何とかしろってことですか？」

「そうだね」

確かに、本当に暴力団が事務所を勝手にマンションの一室に構えていたりしたなら、それを調べたり排除の方向性を示したりするのは警察の仕事ではあるんだけど。

「怪しい男たちというのは、具体的に何かあったんでしょうか」

「そこの部屋に住んでいるのは一人暮らしの女性らしいんだけど、今までそんなことはなかったはずなのに、危なそうな男たちが出入りするようになったってね」

「ってことは、まぁ通報者の言うことを信じるなら、その出入りを見られる人なんだろうから、明らかに同じフロアの住人ってことですよね」

行成が言って、西山さんも頷いた。

「たぶんそうなんだろうけどね」

そこはまぁ匿名にしたい気持ちはわかる。

わかるけれども。

「大きな疑問がありますよね」

そう言いながら振り返って電話を見た。西山さんも、行成も同じようにした。

「どうしてそれをここに伝えてきたんでしょうね？」

本材町には、奈々川警察署があるんだからそこに電話すればいい。何故《なぜ》同じ市とはいえ住所的には隣町であるここ、坂見町《さかみまち》の交番にわざわざ電話を掛けてきたのか。

「そこなんだよねぇ」

西山さんが腕を組んで頭を捻った。

「どうしてなんだろうねぇ？　考えられる可能性は？」

「ひとつは、110番ではなくて、直接警察へ連絡するときの電話番号として、ここの交番の番号を控えていたってことですよね」

「そうだね」

「あれじゃないのか」

行成が、軽く手を打った。

「元々はこっちの坂見町のしかもこの交番の近くに住んでいた人じゃないのか。何らかの事情で〈グレースタワー〉のマンションを買って引っ越したって」

「その可能性が大きいかな。声に聞き覚えはないんですよね？」

ないね、って西山さんは頷いた。

「中年の女性の声だったね。声の雰囲気から判断するなら三十代から四十代。目立つ特徴はなかったね」

普通の中年のおばさんってことだ。

「穿《うが》った見方をするなら」

あまり考えたくはないけれど。

「ここに電話をすることに何らかの目的があったってことも考えられますね」

「何だ、その目的って」

それはわからない。

「でも、〈東楽観寺前交番〉の人間をそのマンションへ向かわせる、もしくは関わらせるってことが、目的なのかもしれない」

「いやでも」
行成が軽く手を上げた。
「そうならない可能性もあるよな？　ってかその方が高いよな。交番としては順序として
そうした通報を受けたら奈々川警察署にまず連絡しなきゃならないだろ？　じゃあこっち
で調べるからってなるんじゃないのか？」
「そこは」
西山さんを見たら、頷いた。
「初期段階では、こちらの裁量に任される部分もあるね。緊急性のない案件だから、まだ
上に報告する状況でもない」
「じゃあ、行くのか」
「どうしますか」
訊いたら西山さんが顔を顰めた。
「通報者に何らかの意図みたいなものを感じないこともないけど、それが本当に意図的な
ものなのかどうかも動いてみなきゃわからないね。ここの番号を知っていたのは、行成く
んが言うように元々こっちの住人だったのかもしれないし。とりあえず、〈グレースタワ
ー〉の管理会社を調べて、会って話してみようか」
「そうしますか」

「会うのか」

行成が言うので頷いた。

「近頃は電話で『警察ですが』って言っても、誰も信用してくれないんだ」

「直接行ってもコスプレかって思われるんだろ」

その通り。

## 二　楢島明彦《ならしまあきひこ》　奈々川《ななかわ》市役所市民生活課　課長

最近、おはようございます、という朝の挨拶《あいさつ》よりもずっと多く掛けられる言葉がある。

「読みましたよ」

「おもしろいです」

「スゴイですね！」

大体はこの三つぐらい。そしてその後に返す言葉が。

「ありがとうございます」

「そうですか」

「あ、でも、そんなに広めないでください」

この三つぐらい。

自分の娘がマンガ家としてデビューしてしまった。高校在学中にデビューが決まって、卒業してすぐに満を持《じ》してのデビュー。しかも、一流出版社の伝統も歴史もあるマンガ誌、らしい。

この、らしい、というのが少し悲しくもある。

何せ、マンガというものにはほとんどまったく縁がなかった人生だった。人並みに読んでいます、と言いたいが、たぶんまったく読んでいない。マンガと通じるアニメというものもほとんどまったく観ていなかった。

知識はある。

友人がいないわけじゃなかった。いじめられていたわけでもないから、小さい頃は友達と遊ぶことも多かった。その中で、流行《はや》っているマンガやアニメや、そこから派生したオモチャやゲームとかでも遊んでいたから。

有名な作品や、売れていたものは知っている。

知ってはいるけど、知識としてだけだ。

そういう意味では、私はかなり変わった子供だったらしい。父母は今も言う。「小さい頃は心配だった」と。

何せ、興味を持つのは自然界のことだけだったと。虫とか、野生動物とか、雨とか、雪とか、そういうものだ。

今もたまに父母が言うのは、私が小学生になったばかりの冬のことだ。珍しく雪が積もった朝に、私は長靴を履《は》いて庭に出てあたり一面に足跡《あしあと》を付けていたと。庭の端《はし》から端まで一歩ずつゆっくり歩いて雪の上に足跡を付けて、それを観察して楽しんでいたと言うのだ。

何となく覚えてはいる。本当に楽しかったのを。

そのまま成長して学問の道でも極《きわ》めれば第二の中谷宇吉郎《なかやうきちろう》かという学者にでもなれたかもしれないのだけど、そうはならなかった。

自然観察だけは趣味として、バードウオッチングになったりハイキングになったりと続いているが、生活の手段にはならなかった。勉強だけは好きだったので真面目《まじめ》に努力して、そして自分に向いているのは何かと考えて、公務員の道を選んだ。

同級生たちと話していて、それこそ小さい頃に流行った『未来少年コナン』だとか『銀河鉄道999』だとかそういうマンガやアニメの話になると、基本的なことにしかついていけない自分が少しばかり淋《さび》しく感じることもある。

あるけれど、要するに私は作られた物語にはあまり興味がなかった、というだけの話であり、物語に感動しないとか感情のない機械みたいな人間、というわけじゃないんだ。

ドキュメンタリー番組を観て、野生動物の生き様に涙したりする。知り合いの闘病の話を聞いて同情したりもする。親を亡《な》くしたのに頑張《がんば》って受験勉強をしている交通遺児のために募金したりもする。

現実の出来事には、自分の感情を押し殺すこともなく素直に接していける普通の人間なのだ。

なので、娘が、あおいが描《か》いているという連載マンガ『コーバン！』を読んではみたものの、そもそも読み方もよくわからなかった。

機械的に、こっちからこっちへ読んでいけばいいのか、と思いながら台詞《せりふ》を読み、絵を眺《なが》め、なるほどなるほど、と頷くだけだった。

おもしろいのかおもしろくないのかの判断はできなかった。ただ、よく描けているんじゃないかとは思えた。

何せ、あおいは高校を卒業したばかりの十九歳の娘なのだ。その子が、マンガを描いてそれが仕事になっているのだ。

それだけでもう褒《ほ》めちぎっていいのではないかと思うし、実際褒めちぎった。あおいは照れるからやめて、と言っていたが。妻の悦子《えつこ》は笑っていたが。

マンガに関してはあおいよりも詳《くわ》しいマンガ好きの悦子は、客観的に見てもあおいのマンガは良い、と言っていた。

一定の水準以上のものを持っていると評価していた。さらに言えば、のびしろも充分に感じさせるものであり、たぶんここ十年ぐらいなら間違いなくプロのマンガ家としてやっていけるのではないかと言っていた。そこから先はまだわからないそうだが。

十年も続けられるのならば、それは大《たい》したものだと思う。

ただ、公務員としては、市民の皆様のより良い暮らしを守っていく市役所職員としては、娘がマンガ家であることをあまり吹聴《ふいちょう》されては少し困ると思っている。

それは別に職業蔑視《べっし》とかではなく、単純に人の心の問題だ。

これでもしもあおいが超有名な売れっ子マンガ家になってしまってものすごく稼《かせ》いでしまったら、その父親が市役所の職員だとわかったなら、いろいろな感情をその胸に渦巻《うずま》かせる人々も出てくる。私の問題になるならともかくも、あおいに何かあったら困る。

だから、以前からあおいのことを知っている人はもう仕方ないが、他の人には私が父親であることは「なるべく広めないでくださいね」とお願いしている。

でもその後に「本が出たら買ってくださいね」とは言っているが。

それよりも何よりも、ちょっと驚いてしまったのが原稿料というものだ。

高い。

いやきっと正当な評価によるものなんだろうが、思っていたよりもずっとずっと高額だった。このまま行くとあおいは父親の私よりも稼ぎが多くなってしまう。

嬉《うれ》しいような、少し淋しいような。

淋しいと言えば。

あおいのマンガである『コーバン！』の中にも出てくる、イケメンのお巡《まわ》りさんだ。もちろんマンガなのだからすべてはフィクションなのだが、モデルはいる。

〈東楽観寺前交番〉にいるお巡りさんだ。

宇田巡《うためぐる》くんだ。珍しい名字だからすぐに覚えてしまった。

彼だ。

あおいの、彼氏。今はカレシとカタカナで言った方が通じるのか。

もちろん、あおいは健康な十九歳の女の子なんだから、しかも美人なんだから、カレシができない方がおかしい。それはもうあおいが生まれたときからずっと覚悟してきた。この子にも、うちのカワイイ娘にもいつかカレシができてしまう。

恋人同士になって、そして結婚してしまう。

ずっと覚悟はしていたけれど、それを素直に認められるかどうかは別の話だ。

（けれどもなぁ）

宇田くんも同じ公務員だ。しかも、警察官だ。立派な職業だ。ましてや宇田くんは以前は刑事さんだったという。かなり優秀であることは間違いないし、なおかつ本当にしっかりとした青年だった。

それこそ絵に描いたような好青年だ。好青年だし堅い安定した職業だしイケメンで、あおいと並ぶと本当にお似合いとしか言い様がなくて、こんなマンガみたいにイケメンと美少女の組み合わせって本当にあるもんなんだな、と妙《みょう》に冷静に観察してしまったぐらいで。

あぁもう。

娘の父親なんて、つまらん。

大切に大切に愛《いと》おしんで育ててきた娘を、取られるだけなんて。

＊

市民生活課の課長の立場としては、残業はほぼない。

そもそも市役所職員で残業はまずないと言っていい。たまに、残務処理があるがそれはいわゆるサービス残業だ。これは自主的にすることにしている。

どうしてもやらなきゃならないものではないのだが、やっておかないとその結果部下の皆の作業が遅くなり負のサイクルに陥《おちい》ってしまうというものだ。

月に一日か二日、そういう日がある。

「まだ暑いな」

今日はその日だった。残務処理を終えて、裏口の通用門から出たときは午後六時三十分になっていた。まだまだ外は明るい。昼間の暑さはまだたっぷりと残っているが、日暮れの明るさが季節を感じさせて、疲れよりも心地《ここち》よさの方が勝っている。

足取りも軽く、バス停へ向かう。

市役所から妻と娘が待つ、いや特に待ってはいないかもしれないが、自宅へはバスで十分も掛からない。

歩いて帰れない距離でもないのだ。滅多《めった》に残業しないのだけれど、遅くなることは出勤前に伝えてあった。

七時ぐらいまでは掛かるかなと思っていたのだけれど、予想外に早く終わった。歩いて帰れば四十分かそこら。

風が、光が、そして町のざわめきが心地よかった。だからそんな気になった。

「歩くか」

健康のためにもいい。最近出てきたと家庭内でよく言われる腹を引っ込ませるためにもいいんじゃないか。何だったら、部下の上島《うえしま》くんにも言われた、スニーカー通勤にして毎日歩くのもいいんじゃないか。

ものは試しだと思った。

だから、歩き出した。スポーツは全然得意ではなかったけれど、歩くのは平気だった。

結婚前にしていた山登りは、ハイキングに毛が生《は》えた程度のものだったけれどよくやっていたんだ。家までの距離なんかは、なんでもない。はず。

その姿を認めたのは、歩き出して十分も経《た》った頃だ。まったく疲労は感じず全然平気だなこれはイケるなと思いながら、そして周《まわ》りの景色を眺めながら悦《えつ》に入っていたときだ。

細身の、男。

髪は長くおよそ普通の勤め人とは思えなかった。服装もジーンズに半袖《はんそで》の白いダボッとしたシャツにスニーカー。雰囲気も、良くはない。

むしろ怪しい感じがする男。

道路の向こう側を歩いていた。

別段男に興味があるわけじゃないんだから、普段なら気にもしなかったろう。それなのについ立ち止まりその姿を眼で追ってしまったのは、男の歩き方に見覚えがあったからだ。

つんのめるような特徴的な歩き方。

細身なのに、どこか力強さを感じさせる身体《からだ》。

(脇田《わきた》?)

脇田じゃないのか⁉

思わず、走り出していた。

ここの通りは駅前通りだ。交通量は多い。とても横断歩道のないところを渡れる道路じゃない。十メートルも向こうにある横断歩道を目指して走り出していた。

脇田。

脇田広巳《ひろみ》。

大学時代、同じ寮の隣同士で四年間一緒に過ごした男。

もう何年も、行方《ゆくえ》不明だと言われていた、友人。

「脇田！」

思わず、道路の向こう側に叫《さけ》んでしまった。

## 三　楢島あおい　マンガ家

可愛《かわい》い顔はしてるけど気が強そうって、よく言われる。

その通りなんだなぁって思う。自分で言うのも何だけどけっこう私は気が強い。

そして鋼《はがね》のメンタルを持ってるって親友の杏菜《あんな》にも言われるし、巡さんもそう言ってた。可愛い顔して、タフ。そうなんだ。精神的にもタフなんだ。そうでなきゃ〈平場師《ひらばし》〉なんてできない。やってないけど。

だから、デビューしたと同時にペンネームでTwitterを始めてみた。

ＬＩＮＥはやっていたけどTwitterは今までやったことなかった。友達の中にはTwitterもインスタもやってる子はいるし杏菜もインスタやってるけど、あんまり興味はなかったんだ。

最近気づいたんだけど、私は何かひとつのものに集中したいタイプの人間みたいなんだ。たとえばインスタを始めたとしたらいろんなものをスマホで撮《と》ってそれをアップしていいね！　って言われて、じゃあもっともっといろんなものを、ってそれを楽しんでしまうと思う。そうすると、今は自分の職業でもあるマンガに向けるエネルギーをそっちに使ってしまう感じがする。

それは、良くないんだ。資料の写真ならいくらでも撮るけれど、インスタにアップするのは違う。もっと良い写真を！　って思ったらガンガンそっちに向かってしまって、じゃあカメラマンになればいいじゃん、ってなるんじゃないかな。

つまり不器用なんだと思うんだ。マンガのためならどこへでも行って資料写真を撮るし映画も観に行くし旅に出てそこの雰囲気を味わうけれど。

でも、Twitterならマンガ家としてとってもいい営業活動になるって思えたから。Twitter発のマンガもたくさん出てきてるし。

インスタとかイラストを載せられるSNSとかもけっこうあるし、イラストレーターさんが多く参加しているのもあるけど、それはまだちょっといいかなって。Twitterの手軽さが何となく合うような気がしてるし、たくさんのものを一気に始めて本業のマンガがおろそかになっても困るし。

担当の編集さんは、あんまりお勧《すす》めしないって言ってた。けっこうひどいリプライ来たりするから、精神的にやられますよって。

でも、全然大丈夫だと思う。

鋼のメンタル持ってるから。

〈たいらしおん〉。

それが私のペンネーム。

私の特技というか、お祖母《ばあ》ちゃんから受け継いだ〈掏摸《すり》〉の腕を知っている人にしかゼッタイにわからないと思うけど、〈平場師〉をもじったもの。

何だったら〈ひらばしおん〉にしようかなって考えたけど、さすがにそれは直接的すぎるから〈たいらしおん〉。何も知らない担当さんは、雰囲気もあってるしすっごくいいペンネーム！　って言ってくれた。

まだデビューしたてだから、フォロワーさんは千人ぐらいしかいなかったし、それでもデビューしてすぐに千人も！　って大喜びしていたんだけど。

それが。

いきなり五倍の五千人になってしまった。

たった一晩で。

この勢いなら一週間もしたら一万人ぐらいにフォロワーさんが増えるんじゃないかって。

バズってしまった。

これがバズるっていうものなんだ！　ってなんだか嬉しくなっちゃったんだけど、いや本業っていうか連載マンガである『コーバン！』でドカン！　って行ってくれた方が良かったんだけど。

本当に、本当に何の気なしに、杏菜から聞いた付き合っている行成さんとの話がおもしろかったから、それをお寺から神社に設定を変えて四コマ風に描いてみて、Twitterにアップしただけだったのに。

若い神主《かんぬし》さんと女子高生の会話なんだ。縁結びとは何の関係もない神社なのに、何故《なぜ》か好きな人との縁を繋いでくださいって祈る女の子のために二人で祈ってあげるっていう、本当にオチも何もない話だったのに。

神主さんのキャラが本当に人気高くて、こいつ絶対に何人も殺してるな、って感じの雰囲気なのに神主さん。そして女子高生の方はアイドルっぽいのに体育会系のキャラ。

本当に、副住職の行成さんと杏菜のキャラをほぼそのままに描いたんだけどバズってしまった。

担当編集さんは、こっちのキャラで今度は神社を舞台にイケますね！　って言ってるけど、いやまだ『コーバン！』の連載始まったばかりなんで。

でも、こっちもTwitterの方で少しずつキャラを育てていけばいいですねって話をした。幸い『コーバン！』の評判はものすごく良くて、あっという間に連載が打ち切りにはならないような感じはするけれど、どこでどうなるかわからないし。


「それがね」

巡さんが私の作ったお弁当を食べながら言った。

「その、〈カンヌシさん〉と〈ジョシコーセーちゃん〉のマンガなんだけどさ」

「うん」

「ひょっとしたらどっかでバレているかもしれないんだ」

え？

「バレてる？　って？」

〈東楽観寺前交番〉の奥の和室。

ここは普段は休憩室として使われていて、巡さんや西山さんが仮眠を取ったりもする場所。いつも小さなちゃぶ台が置いてあって、そこでお昼ご飯を食べたりもする。毎日じゃないけどお弁当を作って、交番まで来てこうやって巡さんとお昼ご飯を食べるのは楽しいし嬉しいし、外出して散歩できるのもいい。

高校を卒業してから五ヶ月ぐらい。本当に、毎日毎日マンガばかり描いているから、何か他のことをするのはとっても貴重な時間になっている。

家のご飯は今まで通りお母さんが作ってくれているし、お父さんが毎日帰ってきて一緒に晩ご飯を食べるのであんまり外食はできないし、そもそも巡さんと外食するようなデートなんてほぼ一週間に一回の〈休日〉にしかできない。

その〈休日〉のデートだって、突然の事故や事件で吹き飛んでしまうこともある。この間なんて、駅前の映画館で映画を観ようって待ち合わせていたのに、私たちの眼の前で車同士の衝突事故が起きて、巡さんは三時間ぐらいその処理を手伝っていた。

事故を起こしてしまった人も巻き込まれてしまった人も本当に気の毒だし、軽い怪我《けが》で済んでよかったとは思うけれども、思うけれども、貴重な巡さんとのデートの時間をどうして邪魔してくれちゃったんだろう、とも思ってしまう。

でも、毎日じゃないけどこうやってお昼を一緒に過ごせるのは、私が自由業だからだなあってちょっと嬉しくなる。

「行成が言っていたんだけどね。最近お寺に若い女性が妙にやってくるそうなんだ」

「若い女性」

〈東楽観寺〉は有名なお寺でもないし、基本的にお寺に来るのはお墓参りの檀家の人ぐらいなんだよね」

「そうだよね」

「まぁ、通り抜けるのに便利なところにあるので、駅前に行くのに境内を通っていく人はそれなりにいるんだけど、何故かお参りをする人が多いそうなんだ。それも、東牛《とうぎゅう》、西牛《せいぎゅう》、南牛《なんぎゅう》、北牛《ほくぎゅう》をぐるっと回ってそれを触《さわ》っていく」

えっ。

「それって」

うん、って巡さんがお箸《はし》をくわえながら頷《うなず》いた。

「あおいちゃんがTwitterマンガに出したやつだよね」

そう。

そうなんだけど。

「どうして？」

東楽観寺の境内には子牛ぐらいの大きさの石が四つあって、お寺の東西南北を守る四神《しじん》のように置いてあるんだ。それで、それぞれが東牛、西牛、南牛、北牛と呼ばれて、誰でも自由に座って休憩していいようになっているんだけど。

「でも、マンガにはただ大きな石としか描いてないし、お寺じゃなくて神社にしてあるし、もちろん住所とか出していないし」

「そうなんだよね」

巡さんもちょっと首を傾《かし》げた。

「でも、行成が訊いたそうなんだ。そうやって石を触って巡っている女性に『何かご用ですか？』って」

「そうしたら？」

「そうしたら、恥ずかしそうに笑って『お参りに来ただけです』って。何のお参りかって訊いたら『恋の』って」

「恋」

「恋愛成就《じょうじゅ》にとっても効くおまじないなんだってさ。ここのお寺の四つの石を巡って触っていくと恋が叶うって」

それも、マンガに描いたものそのまんま。

「それ以上のことは言ってくれなかったし、行成も特に害があるわけじゃないからね。突っ込まなかったんだけど」

明らかに、私の描いたものだよね」

「そうとしか思えないんだ」

「え、でもどうしてあれが〈東楽観寺〉だってわかったんだろう？」

うん、って巡さんが頷く。

「そもそもあれは、中学生の女の子が恋愛成就のお参りを〈東楽観寺〉でしているのを、行成と杏菜ちゃんがこっそり後ろで一緒に祈ってあげた出来事をベースにしているんだよね？」

「そう」

「そして、それを知っているのは杏菜ちゃんとあおいちゃんと、僕と行成の四人だけなんだ。もちろん誰にも言っていないよね？」

「言ってないです」

それは、アップしてからすぐに杏菜にも行成さんにも巡さんにも確認した。場所がわかるようなことはゼッタイに言わないでねって。

「だから、可能性としてはね」

巡さんが顔を顰めた。

「あおいちゃんと杏菜ちゃんを知っているこの辺《あた》りの子がTwitterをやってて、あのマンガと四つの石から〈東楽観寺〉を結びつけて、『これは神社じゃなくて〈東楽観寺〉だ』

って気づいて、それをTwitterで流したんじゃないかと」

そうか。

「それしかないよね。私や杏菜の同級生とか」

「可能性はそれしかないと思うんだ。神社ってちゃんと描いているのにわざわざお寺を探す人はまずいないから」

「ちょっと検索してみる」

「あ、行成がやってみたけどわからなかったって」

「行成さん、Twitterやってましたっけ?」

「やってなかったけど、今回のを調べるのにアカウントを作ったんだ」

そうなんだ。なんかごめんなさい。

「でも一応」

何でも自分の眼で確かめることがいちばん。〈東楽観寺〉で検索してみたら、けっこう出てきた。こんな地味な町の何でもない普通のお寺なのに。

「写真もけっこう出てるね」

「そうなんだよ。僕も行成に見せてもらってちょっとびっくりしたけれど」

縁結びを祈願《きがん》するために来たとかいうんじゃなくて、単純に〈東楽観寺〉の写真を載せている人もいる。きっとこの辺の人なんだろうな。

でも、私のツイートに引っかけて〈東楽観寺〉のことを言っている人はいなかった。少なくとも見つけられなかった。

「まぁ削除しちゃった場合もあるかもだけど」

「そうですよね」

「実害はまったくないし、もしも『ここってお寺だけど、Twitterのあのマンガの神社ですよね？』って訊かれても、行成がいや知りません違いますよって言えば済むだけだからいいんだけど」

うん。

「この先もあのマンガの続きをTwitterに上げるなら、いろいろと注意をしなきゃならない」

「そういうこと」

気をつけなくちゃ。

もしも、もしもだけど、私が突然ものすごく売れて有名なマンガ家になって巡さんと付き合っていることがネットで広く知られちゃったら、とんでもないことになってしまう。現職のお巡りさんが、私が女子高生のうちから付き合っていたなんて、何にもやましいことはしてなくてもいろいろ言われてしまう。悪いことをしているわけじゃないけれど、声が大きい人に言われたら巡さんの立場も危《あや》うくなってしまうかもしれない。

本当に気をつけなくちゃ。

「今日は？　まっすぐ帰るの？」

食べ終わったお弁当箱を片づけながら巡さんが訊いた。もうお昼の休憩時間も終わり。

「あ、駅前で買い物してから、帰る」

「じゃあ、お弁当箱置いていきなよ。洗っておくから、帰りに寄るといい」

「はい。そうします。ありがとうございます」

西山さんにもきちんとお辞儀《じぎ》をして挨拶。西山さんにも一緒にお弁当を作ってこようと思っていたんだけど、そんな気を遣《つか》わないでいいからって。

小さく手を振って、交番を出て行く。


奈々川駅前の〈あおい書房〉。

私と同じ名前なのは本当にただの偶然なんだけど、小さい頃からずっと利用している同じ名前の書店に並ぶ雑誌に私のマンガが載っているっていうのは、すっごく嬉しかった。

嬉しいしちょっと恥ずかしい。でも、今度はコミックになってここに並んでくれればいいなーって。次の目標はそれだなって。

〈東楽観寺商店街〉にも〈中山堂《なかやまどう》〉って本屋さんはあるんだけど、残念ながら小さな本屋さんなので専門的な本は全然置いていないんだ。

〈あおい書房〉さんは写真集とか美術関係の専門書がかなり充実していて、見ているだけでも楽しい。欲しかった世界の図書館の写真集と、いつも買っているマンガの新刊も手に入れてホクホクしながら店を出た。

マンガ家になって、社会人になってよかったなーって思うのは、こうやって好きな本をいつでも気の済むまで買えること。もちろん、実家に住んでいて、しかもアシスタントを使っていないので、自由にできるお金が多いからなんだけど。

「節約もしなきゃな」

売れなくなっちゃったら、連載もなくなってマンガを描く仕事がなくなっちゃったらどうしようもないけれど、そのうちに一人暮らしもしたい。アシスタントさんを使わなきゃならないようになるかもしれないし、そうなってくれるならそれはそれでとっても嬉しいことだけど。

もしも、巡さんが転勤とかになってしまったら。どこか遠くの町の交番勤務になったり、また刑事さんになってこの町を離れるようなことになってしまったら。ゼッタイについていきなよ、って杏菜は言っていた。

遠距離恋愛なんか、ダメだよって。ただでさえマンガを描いていたら忙しくなって、会う時間なんか全然取れなくなってくる。自転車でも、歩いてでも行ける距離の交番にいるから今はこうして普通に会ってデートもできるけれど、離れてしまったら本当に会えなくなる。

そういうときのためにも、原稿料はちゃんと貯《た》めておかないと。家に入れる食費は別にして。

どうしようかな。まだ杏菜との待ち合わせまでには時間があるし、服とか雑貨とか少し見て回ろうかなって思っていたときに、それが視界に入ってきた。

駅前の公園の噴水のところ。

年配の女性が、若い男の人に何か封筒のようなものを渡した。

それだけのことだったんだけど、ものすっごく気になった。

ひょっとしたらって思ってしまった。

オレオレ詐欺《さぎ》。

特殊詐欺。

若い男の人がこっちに向かって歩いてきている。年配の女性はどこか心配そうな雰囲気を漂《ただよ》わせてその背中を見ている。

(どうしよう)

何でもないことは、ゼッタイにないと思う。あの男の人は、まだ私とそんなに変わらない年齢だと思うけど、とってもイヤな雰囲気を漂わせている。

私にはわかる。その気配が。

まるで似合っていないスーツを着ている。靴は革靴じゃなくて黒っぽいスニーカーだ。

その雰囲気からしてどこかおかしい。

ゆっくり、歩いた。

自分の存在感を消した。ただ買い物をして歩いている通行人になる。

そして、若い男の人に向かって、気を飛ばす。

探《さぐ》る。

スーツを着ているのに、その内ポケットに財布は入っていない。それはわかる。財布はどこに？

あぁ、お尻のポケットだ。

しかも、チェーンが付いている。

普通の社会人はそんなことをしない。

それだけで、やっぱりおかしいってわかる。

反対側の内ポケットに重みを感じるから、そこに入っているのは、たぶんスマホだ。

スマホを掏《す》るのはマズイと思う。私たちは財布よりもスマホを大事に思っている。それが身体から消えるとすぐに気づく人は多い。

危ないことはゼッタイにしないって巡さんと約束してる。

悩んでいる時間はない。急ぎ足で向かっているのはどこだろう。この先にある駐車場だいし、どこか拠点があるのかもしれない。そこからどこかへ逃げるのかもしれないし、どこか拠点があるのかもしれない。

オレオレ詐欺でお金を受け取るのは下っ端《したっぱ》だっていうのは、ニュースを見てよく知ってるし、巡さんもそう言っていた。

何か証拠になるものは？

身分がわかるものは？

免許証はたぶん財布の中。でも、チェーンの付いた財布から免許証を抜き取るのは、歩きながらでは無理。どこかに座っていてくれれば簡単にできるけれど。

後を尾《つ》ける？

ダメ。そんなことをしたらゼッタイにダメ。巡さんからも言われている。ただでさえ私は目立つんだからって。特に男性にはすぐに顔を覚えられるからって。

どうしようか。

もう擦《す》れ違っちゃう。

このタイミングなら、擦れ違い様に、何かを掏ることは簡単にできる。

でも、何を掏る？

手に持っている年配の女性から受け取った封筒はしっかり口を閉じてある。あれは無理。あそこからは何も掏り取れない。きっとお金が入っているんだと思う。その気配がしている。札束が二つぐらい入っているような感じがする。

（あ）

スーツの胸ポケット。

何か、入っていると思う。すごく薄いもの。紙だろうか。たぶん、紙だ。名刺かもしれない。

それで、身元がわかるかもしれない。

今しかない。

# 四　市川公太《いちかわこうた》　音楽事務所社長

ダサいな。

うん、ダサいなこれは。ダサさの中にほんのり香ってくる時代の芳香《ほうこう》とかがあるんなら別だけど、これには何の芳香もないな。

うん、ない。

「やっぱ、これはやめておこう」

ジャケットを脱いだ。

「そん代わりにこのスニーカー貰うわ」

「それ、カワイイっすよね」

「うん、これはいいわ」

緑と青のラインがめっちゃいい感じのスニーカーだ。

値段も手頃。なんと三千八百円。開店祝いに花を贈って、後はそれぐらいしか買えないってのはちょいと恥ずかしいけどな。

「でも、レディースですよ？」

「カミさんにちょうどいいんだ。サイズも合ってる」

「あ、なるほど」

本当ならここからここまで全部くれ、とか言って何万も何十万円も買ってやりたいんだけどさ。

まぁ見栄《みえ》張る必要もないしな今さら。

「しかし、いい店じゃん」

「あざっす！」

ニカッと笑うケン。

三条健《さんじようけん》。芸名みたいだけど本名だ。前は俺の経営していた店で働いていた。

「本当にいいんスか。開店祝いに持ってってもいいすよ」

「バカ野郎。逆だろう。むしろこれぐらいしか買えなくて済みませんだよ恥かかせるなよお前」

笑った。

「せめて、ほら、四千円でお釣りはいらないよ」

「あざっす！」

「だから、恥ずかしいだろ」

たった二百円ぽっち。

いや、二百円でも金は金だ。今の俺は本当にそう思うぜ。

「にしても、これだけの物、仕入れるのも結構金かかったろ？」

駅前からほんのちょっと離れているけど、ビルの一階の路面店だ。本当に細長いビルで店舗面積もめっちゃ狭《せま》いんだけど、路面であることは間違いない。

家賃はけっこう安いよな。この辺ならたぶん十万しないだろ。その代わりにこの辺には若者が集まるカフェもあるし、すぐ近くには美術館もある。いいよこの辺は。

「や、実はこれ全部ほとんどタダで譲《ゆず》り受けたんですよね」

「タダぁ？」

タダほど怖い話はねぇんだぞおい。

「大丈夫なのか？」

「大丈夫っすよ。ちゃんと契約書も作ったし。タダで譲り受ける代わりに、ちゃんとリストを作って、そのリストにあるものが売れたら一割はマージンで渡すんで」

なるほど。

「そういう契約か」

それなら、まぁ大丈夫か。

ケンはまだ二十二歳だ。高校辞めちまってフラフラしていたところを前の店で雇ってやったんだけど、こいつはめっちゃ計算ができて約束も守れるし、何たって人好きがするんだ。

ちょっとハムスターみたいなカワイイ顔をしていて、笑顔がいいし、可愛がってやりたくなる雰囲気を持っている。商売人になるのにはいい要素をたくさん持っていたんだよな。

だから、俺が店を辞めた後もどっかの店でしっかり働いてくれたらいいと思っていたんだけどさ。まさか自分で古着屋を始めるとは思わなかった。

しかも、いい品揃えだ。

「あれ、お前、泰造《たいぞう》知ってる？」

「泰造？」

「ミュージシャンのTAIZOだよ。この間〈ミュージックキャンプ〉にも出たじゃん」

「知ってますよ！　アルバム持ってますよ！」

「あ、そう？　ありがとね」

「ありがと？」

知らんかったろ。

「ミュージシャンのTAIZOは俺の弟なんだよ。そして今俺は、TAIZOの事務所の社長」

「マジっすか！」

マジよマジ。

「今度さ、泰造にここで服買わせるからさ。いろいろ見繕《みつくろ》ってやってくれよ」

「やりますやります！」

「あいつマジでファッションセンスねぇんだよな。俺が言っても聞かねぇしな。この店にある服を使って、上から下まで一式スタイリストみたいなことできんだろ？　お前センス良かったもんな」

「できますできます！」

「こんどMV作るときには、ここで服を選ばせるぜ。もちろん全部買い取りだ」

「めっちゃ嬉しいッスよ社長」

値段もそんなに高くないし。や、高いものもあるけどな。

「オレの相方、カノジョなんすけど、今度結婚するんですよ」

「おお、良かったじゃん」

「結婚式来てくれます？」

「行くよ行くよ。呼んでくれよ」

「あざっす。それで、カノジョ、真紀《まき》ってんですけど、美容師なんですよ。もしも本当にMV作るときに来てくれんなら、真紀、ヘアメイクもできますけど」

「そうか、美容師さんか」

渡りに船だな。

本当に泰造は、音楽の才能はあってもファッションセンスも髪形のセンスもねぇからな。あいつの髪形って大昔に母ちゃんが切ったまんま大人になってるからな。

「ちょうどいいな。よし、マジで頼むからな」

「あざっす！」

いい展開だ。またちょっといい感じになってきたな。

「じゃ、行くわ。頑張れよ」

スニーカーの入った袋を受け取って、店を出る。

「この辺は、人通りも増えてきたしいいよな」

「そうなんすよね。オレらガキの頃はめっちゃ寂《さび》れてましたけどね」

ケンも出てきて、煙草《たばこ》に火を点《つ》けたので、俺もそうする。店頭に灰皿が置いてあるのは、古着屋としてはまぁ、ありか。

「社長って結婚式はしました？」

「してねぇんだよなそれが」

やってやりゃあ良かったな、って今さら思うけどな。

「できるもんなら、きちっとしておいた方がいいぜ。めんどくさいって思ってもよ」

「そうっすね」

煙草の煙が流れていく。道路の向こうを何気なく見たら、カワイイ女の子が歩いているのが眼に入ってきた。

「お」

あおいちゃんじゃん。

買い物にでも来たか。

「めっちゃカワイイ子っすね」

「コナかけんなよ。俺のダチのカノジョだ」

「そうなんすか」

「しかも、ダチは警察官だ」

「うわヤッバ」

いい子だ。本当にいい子なんだあおいちゃんは。巡とお似合いで、社会人になったんだからさっさと結婚しちまえばいいのになって思ってるんだけどな。

「あれ？」

「うん？」

「裕《ゆたか》じゃないっすか」

「裕？」

「あそこ」

ケンが指差した方に、スーツ姿の男が見えた。

「裕か？」

「間違いないっすよ。スーツなんか着てるけど、裕ですよ」

裕とケンは同じ時期に働いていたよな。

裕。

渋谷《しぶや》裕。

あいつは今、何やってるんだ。スーツなんか着てるってことは、どっかちゃんとした会社にでも就職したのか。あいつは高校出てたもんな。

ちゃんとやっていてくれてるんなら、よかったけどな。情けない社長で申し訳なかったけど。

あおいちゃんと裕が擦れ違った。

もちろん、あの二人に面識はないな。

でも、なんだ。

あおいちゃんが、妙に真面目な顔をしていたようにも見えたけどな。

# 五　宇田巡　巡査

〈グレースタワー〉。

遠くから目立つ高層マンション。

全体のイメージは高級そうな感じのブラウンだ。地上十八階はこの辺ではいちばん高い建物。マンションの周りはちょっとした公園にもなっていて、お母さんたちがそこで赤ちゃんを遊ばせている。近くには駅前の商店街もあるし、幼稚園も学校も近い。

小さい子供がいる家族には最高の立地じゃないかと思う。実際それを売りにもしているんだろう。

一階には管理人室があって、そこには管理人が常駐しているし、夜間には警備員が配置されるとか。

（いいマンションだよな）

もちろん、入口では暗証番号を押さなきゃドアが開かない。部屋番号を押せばその部屋のインターホンに繋がるようになっている。だから、そう簡単に暴力団員が出入りできるとは思えないんだが。

教えられた管理人室の部屋番号を押す。

（はい。グレースタワー管理人室です）

スピーカーから声がする。

「〈東楽観寺前交番〉の宇田と申します」

（はい、どうぞー）

ドアが開く。もちろん監視カメラが二十四時間回っている。中に入ると、作業着を着た中年の男性がロビーの脇の部屋から出てきた。まるで洒落《しゃれ》たホテルみたいなロビーだ。

「お忙しいところ申し訳ありません」

「いえいえ、どうぞどうぞ」

昼間にいる管理人さんは管理会社に雇われているそうだ。それこそホテルのフロントのように頼まれれば入居者の留守中に電話も受けるし荷物も受けとる。状況によっては部屋で留守番をしているペットの世話もするそうだ。

それだけ責任のある仕事なので身元はしっかりしております、と管理会社の人間は胸を張って言っていた。

「名倉《なぐら》と申します」

受け取った名刺には〈グレースタワー〉管理人とあった。

ロビーにあるソファを勧められたが、手を軽く上げてやんわりと断る。お巡りさんが座って話しているとうるさく言ってくる人もいるんだこれが。

「電話でもお話ししましたが」

「はいはい、最上階ですね」

不審な男たちの出入りがあるという通報があったことも、管理会社を通じてこの名倉さんは聞いている。

「じゃあ、管理人室でお話しした方がいいですかね？」

「そうですね」

「こちらへ」

管理人室もそれなりに立派なものだ。

「いいですね。ここ」

名倉さんが微笑《ほほえ》む。

「文字通りの玄関ですからね。ここがきちんとしていないとマンション全体の格も落ちるって感じでしょうね」

「確かに」

ロビーに面した管理人が常駐するスペースも、マンションのトーンに合わせたブラウンにまとめられている。

「この奥にはちゃんと居間もキッチンも寝室もありますよ」

「泊まることもできるんですね」

「滅多にありませんけどね。夜間の警備員が交代で仮眠するのに使っています」

最上階には六世帯あります、と名倉さんが続けた。

「もちろん最上階ですから、他の階よりも高いんですよね。お値段が」

「でしょうね」

「ですから、身元もきちんとした方ばかりのはずで、少なくとも私はそういうような男たちが出入りしているのは見たことないんですがね」

「人の出入りは、ありますよね？」

もちろんです、と名倉さんは頷いた。

「夜間のことは警備会社に訊いてもらわなきゃなりませんけどね。少なくとも昼間にお客さんが来たりすることは多いですよ」

「いちいちチェックはしませんね？」

しません、と頷いた。

「入口で妙な動き、たとえば入居者が入ってくると同時にその後ろから急いで入ってくるような人にはお声掛けしますがね。そんなのはまずないです」

「最上階で、女性一人でお住まいの方は？」

「女性お一人は、北村《きたむら》さんですね」

北村さん。

「下のお名前は？」

「北村紗英《さえ》さんですね」

「年齢とご職業は？」

名倉さんは苦笑した。

「年齢はわかりませんね。どうしても必要であれば管理会社の方へ確認してください。ただ見た感じでは二十代後半か、三十代前半のお若い方ですよ。ご職業は絵描きさんだとか」

「絵描きさん？」

「何でしたか、イラストレーターでしたっけ。そういうのらしいです」

イラストレーターか。

その若さと職業でこのマンションを買えるっていうのは、なかなかのものだと思う。もちろん、親の金とか株とかいろんな人がいるからそう断定もできないだろうけど。

ロビーに面した窓の脇には監視カメラの映像が流れているモニターがある。四分割されていて、そのうちの一画面は外のカメラだ。

「このエントランスの監視カメラの映像は残っていますよね」

「もちろんです。観ますか？」

「いいんですか？　一応手続きをしなければそういうのはマズいはずですが」

そう言うと名倉さんは軽く頭を縦に振った。

「もちろんそうですがね。何か事件が起きたわけでもなし、警察官による確認なんですからそれぐらい私の裁量でいいですよ。あ、それともそちらがマズいですかね？」

「黙っていれば、そして何かあったなら後で書類を整えればいいだけですかね」

公にしてしまっては確かに始末書ものだけど。

「そうでしょう？」

「昨日のものでいいですから、流してもらえますか」

「いいですよ。ちょっと待ってくださいね。朝からのでいいですかね」

「そうですね」

机の上のキーボードを叩《たた》いた。画面が切り替わって、エントランスの違う映像が流れてくる。

「早回ししますね。気になったところで言ってください。止めますから」

「お願いします」

八倍速で流れていく。マンションから出ていくのは出勤や通学の入居者だろう。その他にマンションの前を通る人たちも映っている。

特に不審な動きをする人たちはいない。マンションの玄関先にやってくるのは宅配業者や郵便配達。その他には何かの用で出ていって帰ってくるマンションの住人。

「あぁ」

名倉さんが止めた。

「この方が、北村紗英さんです」

髪が長い細身の女性だ。確かに二十代後半から三十代前半に見える。そしてイラストレーターだと言われれば、そんな雰囲気も纏《まと》っている。

「プリントアウトもできますけど、どうしますか？」

「いや、それはさすがにマズイので」

キーボードを叩いてまた映像が流れていく。確かに、観るかぎり怪しい人間の出入りは今のところはない。もちろん、見た目がまったく怪しくない反社会的勢力の皆さんだっていないわけじゃないんだが。

（うん？）

「止めてください」

（これは）

昨日の昼間だ。画面に出ている時刻は12：32。

駅の近くのマンションだから、前の通りは人通りもけっこう多い。この辺の会社に勤めている会社員が昼食に出ている時間帯のせいもあるだろう。

その中に、スーツを着た会社員風の男性。

見知った顔。

（楢島《ならしま》さんだ）

楢島明彦《あきひこ》さん。

あおいちゃんのお父さん。

（どうして楢島さんがここに？）

職場の市役所はここから歩くと二十分は掛かるだろう。もちろん昼休みに遠くまで昼飯を食べに来たという可能性もあるだろうけど。

真面目な人だ。美味《おい》しいものを食べるために昼休みに遠くまで来るなんてことは、しないんじゃないか。

（そうだ）

お弁当のはずだ。毎日お弁当を持っていくと、あおいちゃんは言っていた。最近は僕のお弁当を作るときにあおいちゃんが一緒に作ってあげていてすごく喜んでいるって。だとしたら、何故ここに？　市役所では外回りの仕事ではなかったはずだけど、そういうのもあるんだろうか。

（違うな）

何かを捜しているように歩いている。目的地に向かっている歩き方じゃない。何かを、あるいは誰かを捜しているような頭の動かし方だ。

「この人に見覚えはありますか？」

念のために訊くと、画面に顔を近づけた名倉さんが首を横に振った。

「ないですねぇ。たぶんですけど。あまり特徴のない顔ですから覚えてないだけかもしれませんが」

何の用事があったのかな。一応時刻だけ頭に入れておこう。

「北村さんが帰ってきましたね」

確かに。けれど、すぐ近くに男性がいる。細身の男性だ。スーツを着た男性だからたまたま同じ方向に歩いているだけかな。

「あ、この男性は見覚えありますね」

「そうなんですか？」

「そうそう、北村さんと一緒に帰ってきたことがありました。彼氏かなと思ったんですけどね」

　勤め人にしては少し長めの髪の毛。少なくとも公務員などの堅い職業ではないだろうと思わせる雰囲気。イラストレーターの恋人と言われたらピッタリだし、たとえば出版社の編集者というなら尚更《なおさら》そんな感じにも見える。

「あ、一緒に入りましたね。昨日は気づかなかったから、このとき私はいなかったんですね。トイレにでも行ってたかな」

　ただのカン。そうしておいた方がいいと思った。この男の人には、何かあるような気がするだけ。

　ＬＩＮＥが入った。自分のiPhoneのだ。

「すいません、ちょっと止めて待ってください」

　画面を見た。

（あおいちゃん？）

　珍しい。勤務中は滅多に連絡してこないのに。

【オレオレ詐欺の現場に出会《でくわ》したかもしれない。会えますか？】

　何だって？

　まさか。

【何か掏り取ったの？】

【メモだけ。メモに書いてあったのは。GT5901】

GT5901？

なんだろうそれは。

## 六　大村行成《おおむらゆきなり》　副住職

ローターが回り始めるときこそ少し大きな音がするけれど、すぐにほとんど聞こえなくなる。極端な話、昔の扇風機ぐらいの音しかしないんじゃないか。

境内のほぼ真ん中ぐらいからシュウーって上がっていって、ヒュウ、って空中に止まるドローン。フラフラしていないしその動きは完璧《かんぺき》に制御されている。

「見る度に思うけど、本当に凄《すご》いよな」

言ったら、隣でカツヤが頷いた。

「オレね、行成さん」

「うん」

「本当にケイは天才だと思ってるんですよ」

ちらっと、少し離れたところでドローンのコントローラーを操《あやつ》るケイを見た。

「あいつって、下手《へた》したら人間の歴史を変えちゃうぐらいの発明をするんじゃないかってときどき考えるんですよ」

「そうか」

まぁ歴史を変えるはかなり大げさかもしれないけど、実は俺もちょっとだけそんなふうに思っている。この間の〈飯島団地《いいじま》〉での化け物騒ぎがあってから仲良くなったこの若いワルそうだけど気の良い二人は、もっと凄い場所で活躍しなきゃ、いや、させなきゃ駄目なんじゃないかと。

つまり今のまま二人でガレージカンパニーみたいにしてやっていても、この国じゃ将来はあまりないんじゃないかと。

「あれだ。お前たちアメリカとか行った方がいいんじゃないのか」

「今なら中国っすかね」

「やっぱり中国か」

うん、ってカツヤが言う。

「とんでもなく進歩してますからね。まぁでも今は逆に日本にいたってどこにでも技術は持ってけるから」

「ネットでな」

「そうっす」

単純に、ケイが造ったこの消音ローターのドローンを発表するだけでも、モーターの部分だけだったとしても、たぶん世界中からものすごい数の引き合いが来ると思う。あっという間に億万長者になってしまうんじゃないかって思うぐらいに。

それをまだしていないのは、自分たちでコントロールできないからだってカツヤは言う。今これを発表しても、使い方をそれこそ自分たちで制御できない。どこかに技術を盗まれて転用されて悪いことに使われたりするかもしれない。音のまったくしないドローンなんていくらでも変なふうに使えたりするじゃないか。

「何もかも、ちゃんとできるようになってからですよ」

そう言うんだよな。

今は修理屋や映像屋をやっていれば二人で充分喰《く》っていける。カツヤの映像関係の仕事もそのセンスや腕が認められつつあるらしい。いろんな仕事が少しずつ入ってきていて、もちろんケイのドローンの腕も重宝《ちょうほう》されている。この間なんかはテレビ局の仕事で二人で海外にロケに行ってきたぐらいだ。

「でもさ、そのうちに同じようなものは造られるだろ。早い内に特許とか取るんだったら取っておかないとさ」

「特許を取るようなそんな新しい技術はないっすよ。単純に今までの応用なんだから」

「そうか」

「いいんすよ。今は泰造さんたちと一緒に仕事して、自分たちの名を売っていけば。時期が来たら、クラウドファンディングでもやって資金調達してやりますから」

「そうだな」

今はそんな時代だもんな。そして俺も、〈東楽観寺〉の副住職である俺もこの寺の将来を考えていろいろやるわけだ。

二人の手を借りて。いやもちろんギャラは払うが。

「でも、行成さん」

「うん？」

「ここのお寺、いいですね。こうやって上から見ると本当にきれいだ」

「そうだろ？」

ケイが操るドローンには当然カメラが載っている。今、撮っているのは〈東楽観寺〉を上から見た風景だ。

その映像がカツヤのMacに送られてきている。こんな映像はもちろん俺だって初めて見るし、親父《おやじ》も祖父《じい》ちゃんも誰も見たことがない。それこそ仏《ほとけ》さんか鳥しか見られない。

真上から見た〈東楽観寺〉。キレイな映像を撮ってPVを作って、お寺のサイトを作る。そして檀家さんを増やすんだ。

正直に言うと檀家の数はどんどん減っている。檀家さんが減っていけば当然だがお寺の収入は減っていく。檀家っていうのはぶっちゃけ言ってしまうと契約者だ。そこの家の葬儀関係一式を請け負ってお布施《ふせ》を頂く。そんなふうに表現すると怒られるし根本では違うんだが、資本主義的な感じの言葉で言うと請負契約なんだ。

そしてその契約してくれる人が減っていけば当然のようにお寺の収入も減っていく。大きな寺だと土地を駐車場にしてそれで収入を得ているなんていうところもあるが、うちはそんな大きな土地はない。

檀家さんを増やすしかない。そして減らさないようにもしなきゃならない。今、檀家になっている家の跡継《あとつ》ぎにもしっかり繋がりを持ってもらわなきゃならない。

そう、企業努力をしなきゃならないんだ。将来俺の後に寺を継ぐかもしれない子供たちのためにも。

いやまだそんな予定はないんだが。

「ケイ」

カツヤがイヤホンマイクでケイに向かって言う。

「お寺の屋根をかすめる程度の高度を維持して、ゆっくり東側から回ってきて」

たぶん、ケイが了解って言った。ドローンがゆっくりと動き出す。

しかし本当に安定している。ドローンが動いているシーンをテレビなんかで何度か観たことがあるけれど、動き出すとか止まるときとか、ある程度不安定な感じで揺れている。まぁ今はジャイロセンサーなんかでカメラはブレないようになっているんだろうし、本体もあれぐらいブレがなかったらむしろジャイロセンサーなんかいらないだろうな。

「あ、行成さん」

「うん？」

「裏側に人、いますね。映っちゃいますけどいいですよね。この高さなら」

「大丈夫だろうけど」

今は朝の六時だ。この時間に境内にいる人はほとんどいないし、いたとしても高いところから映しているだけだからプライバシー云々《うんぬん》の問題はないと思う。

「いたとしても、消せるよな？」

「消せます」

頷きながらカツヤが言った。

「でも、なんでこんなお寺の裏側にいるんですかね？」

「あぁ」

たぶん、あれだ。

「牛の石巡りをしているんじゃないかな。東西南北の」

あぁ、あの石ってカツヤが頷く。

「え？　牛の石巡りなんてのがこの寺にあるんですか？」

「いや、なかったんだけどな」

カツヤは牛石《ぎゅうせき》は知ってても、あの件は知らないはず。

「なんかね、最近あるんだよ。どうしてそんなことになったのかはわかんないけど、あの牛石を東西南北触って回って願掛けするみたいなものが」

「へー、何の願掛けですか」

「話では恋愛成就とか何とか」

なるほどぉ、って頷く。

「じゃあそれも〈東楽観寺〉の売りにできるんじゃないっすか」

「いや、昔からのものなら正々堂々《せいせいどうどう》と売りにできるけど、なんかよくわかんないうちにできたものはなぁ」

何の根拠もないのに、そんなのを売り出せない。あおいちゃんにも言われているし、あれはあんまり広まってほしくないんだが、まさか止《や》めてくれというわけにもいかない。

「放っておいて、定着しちゃったら考えるけどな」

そうするしかない。

「こっち来ますね。ケイ。映っている女の子に気づかれない程度に近づいて表情がわかるようにしてくれないか」

ケイがこっくりと頷くのが見えた。カツヤのMacに映っているドローンの映像がゆっくりと降りてくる。そして本堂の裏手を回って正面に向かってくる女の子の表情がわかるようにカメラをズームしていく。

「うん？」

カツヤがそう言ってケイを見た。

「どうした？」

ケイが何か言ってるらしい。

「あ、ホントだ」

「どうした」

カツヤが俺を見る。

「この子、知ってる子なんですよ。知ってるって言っても何度か会ったことあるだけなんですけど」

「そうなのか」

まぁ若いカワイイ女の子だから、同じように若いケイやカツヤの知り合いでも不思議はないが。

「日本の子じゃないんすよね」

「あ、そうなの？」

カメラを通してじゃなくて、肉眼でもその子の顔がわかってきた。その子も、坊さんの格好をしている俺に気づいて、まだ距離はあるんだけどペコン、って感じで頭を下げた。

俺はゆっくりと手を合わせてお辞儀をする。顔を上げてじっくり見る。なるほど、そういえば顔立ちがどこか違っていて、アジアの他の国かもしれない。でも、パッと見は日本の女の子だ。

服装もそう言われてみれば日本のあの年頃の女の子にしては、ちょいと構わなさすぎかもしれない。Tシャツに短パンだけというちょっとラフ過ぎる格好で、残念ながらファッショナブルじゃない。

「どこの国の子だ？」

「ケイの話じゃベトナムじゃないかって」

ベトナム。

「近くに住んでいるのか？」

「そのはず。え？　あぁオッケー」

オッケーはケイに応えたんだろう。ドローンが音もなく降りてきて、Macに映されていた映像も切れた。

「ちょっとタイムします。バッテリーも切れる頃だし」

「うん」

降りてきたドローンにカツヤが駆け寄った。ケイは、コントローラーを置いてちょっと俺に頭を下げてから女の子の方へ近づいていった。

挨拶するのか。それぐらいの知り合いなんだな。カツヤは微笑んではいるけど放っておいているから、ケイの方が親しいんだな。

ケイのカノジョか？

でもカノジョなら今日ここで撮影しているのぐらい知ってて当然だろう。女の子は急に現れたケイを見てちょっと驚いて、でも嬉しそうな笑顔を見せた。

この辺に住んでいるベトナムの女の子か。バッテリーを交換しているカツヤに近づいた。

「親しいのか？」

「や」

俺を見ながらカツヤが首を捻る。

「買い物してるときにケイが知り合ったとかなんとか。何か教えてあげたんだったかな？それで」

買い物。女の子だけど、少なくとも子供じゃないとは思う。

「あれかな？　働きに来ている女の子なのかな？」

「そうだって。縫製《ほうせい》の仕事をしてるらしいよ」

「縫製か」

そうか、服を作っているのか。何かで見たことがある。下請けでブランドの服を作っている縫製所は日本にもたくさんある。そこで働く外国人もたくさんいるって話だ。あの子もその一人なのか。

「行成さん」

カツヤが会話しているケイと女の子を見ながら言う。

「うん？」

「今まで話したことないけど、オレの母親って、フィリピンから来たんですよ。日本に働きに来た」

「そうだったのか」

こくん、ってちょっと苦笑しながら頷いた。

「まぁ昔はなんかいろいろあったみたいで、不法入国者みたいになったこともあったり。今はちゃんと日本の国籍ありますけどね。もちろんオレにも日本の戸籍があるし」

なるほど。そういえばカツヤの顔立ちにも、どこか異国風のエキゾチックな雰囲気はある。

「何十年も前に日本に働きに来て、何か騙《だま》されたりいろいろされたりしてたんすよ。今はちゃんと働けているけど、あの子もそうじゃなきゃいいなぁって思ってんですけど、どうなんですかね」

溜息《ためいき》をついた。

「日本って、そういうとこクソッたれな国じゃないですか。それってもう何十年も変わってないいんじゃないかって思うんですよね。何がグローバルだって話で、オレなんかが怒ったり叫んだりしても何にも変わんないですけど」

頷くことしかできなかった。

「確かにな」

カツヤは普通ならまだ十八歳の高校三年生だ。もう高校に行く気はまったくなくて、その気になったら通信制で資格だけ取って何だったら大学も卒業してやるって話していた。〈飯島団地〉で二人とほとんど一緒に暮らしている元警察官の浜本《はまもと》さんの話じゃ、カツヤもケイも頭はいいそうだ。確かにその気になれば大学ぐらい簡単に卒業できるだろうって。もちろんそんな学歴なんかなくたってたくましく生きていける才能も胆力もあるだろうが、って。

だからこそ、今のは心の叫びなんだろう。

日本は、いや日本の政治は確かにクソッたれだ。そういうところを理解できているってのも、カツヤの才覚なんだろうな。

「ただの生臭坊主《なまぐさ》が声を上げても変わらんしな」

カツヤが笑った。

「行成さんは、お坊さんなんですから。お坊さんは、何て言えばいいのかな。ほら、皆の心を慰《なぐさ》めたり気持ちを救ったりするためにいるんだから」

「そんなふうに言ってもらえると嬉しいんだが」

本当は心だけじゃなくて皆の生活も救えるといいんだが、もちろんそんな度量も才覚もない。残された人の心に寄り添い、御仏《みほとけ》の教えを説《と》くだけだ。

ケイは女の子と話しながら一緒に歩いている。確かに牛の石を回っているから、あの女の子は間違いなく牛の石に願掛けをしているんだろう。

しかし、一体どうやってそんな話が広まったもんだか。あおいちゃんがあのマンガをTwitterに載せる前から確かに願掛けをしていた人はいたんだ。本当に突然のように。誰かが始めたものなのか。

四つの石を回り終えて、女の子はまた俺に向かってペコンとお辞儀をして、そしてケイにバイバイをして小走りに境内を抜けていく。あっちの方に家があるんだろうか。いや、いわゆる出稼ぎに来ているとするなら、会社の寮か何かがあるのかもしれない。

ケイも戻ってきた。

「すいません。中断して」

「いや、いいよ」

そんなに急いでいるわけじゃない。

「あの子は？」

好奇心で訊いてみた。そもそもケイは本当に無口で、ほとんど話したことがない。俺がケイに何かを話しかけると代わりにカツヤが答えて、それにケイが頷いたり首を横に振ったりっていうパターンがほとんどだ。

ケイは、小さく頷いてあの子が走っていった方向を見た。それから、俺の顔を真正面から見た。

「ベトナムから働きに来てるんです」

うん、それはカツヤから聞いた。

「カノジョって感じ？」

首を横に軽く振った。

「ラン、っていうんです」

「ランちゃんか」

「日本の花の蘭と同じ意味なんだって」

なるほどそうなのか。ベトナムの人の名前って、そういえばどういう感じなのか全然わからないな。

「ひょっとして、願掛けに来ていたのか？　四つの石の」

「そう。あれ、あおいちゃんのTwitterで知ったらしい」

「え」

マジか。

「日本語はわかんない。でもたまたまTwitterマンガ見て、モデルがここだってわかったって。静かできれいでよく来ていたんだってさ」

そういうことか。それじゃあ、あの子が噂《うわさ》の発信源だったのか。

「あの子、たくさんの友達と一緒に働きに来てて。でもなんか、ヤバいんじゃないかって思うんだ」

「ヤバいっていうのは？」

「住んでるアパートは六人で一部屋なんだって」

カツヤと二人で顔を見合わせてしまった。六人で一部屋って、何だそれは。

「初めて聞いたのか？」

カツヤも驚いていたから訊いたら、頷いた。

「初めて初めて。オマエいつそれ知ったんだよ」

「こないだ」

「こないだって、あれか。スーパーで会った後か」

ケイが頷いた。

「そんときはお金を貯めるためかなって思った」

「違うのか？」

ケイが、らしい、って言う。

「日本に来たらそうなってたって。話が違うって」

話が違うのか。

## 七　楢島明彦　奈々川市役所市民生活課　課長

世間一般の基準からすると、私は神経質に見えるそうだ。

確かに自分でもそう思う。

細面《ほそおもて》の細身で眼鏡《めがね》で、デフォルトで何かに悩んでいるような顔つきをしている。でも、それは単に地顔がそうだというだけで、基本的に楽天家だと自分では思っている。大きな病気などしたこともないし、いつどんなときでも食欲がなくなることはない。

市役所の公務員というのは、世間では親方日の丸で決まった事務仕事でストレスなどないんじゃないかと思われているかもしれない。

そんなことはない。

もちろん、的確に手順通りに進めていけば大きなトラブルなどはない事務処理的な仕事も多いが、私たちは市民の皆さんが支障なく毎日を暮らせるように支える裏方だ。私たちのミスはそのまま市民の皆さんの暮らしに影響を与える。そう考えると、どんな小さな作業であろうと神経を使う。ストレスを感じることだって大いにあるだろう。いや、実際問題、あるのだ。

特に私の部署の市民生活課は、基本的に市民の皆様の苦情などを聞く部署と言い切ってもいい。細《こま》かいことを言うなら、歩道に草が生えているからきちんときれいにしろとか、道路に犬の糞《ふん》があるから掃除《そうじ》をしろとか、向かいのビルの窓に陽光が反射して眩《まぶ》しいから何とかしろ、などという要望までくる。

極端な例を挙げるなら、市長の家を燃やす、などという脅迫《きょうはく》めいた電話が来たこともある。その度に私たちは担当部署とやりとりして、どんな理不尽な苦情や要求にも、規約に則《のっと》り対応していくのだ。市民の皆さんのより良き生活のために。

ストレスはある。

ただ、私はそういうものを一切《いっさい》引きずらない。

何といっても、自宅に帰れば愛する妻と可愛い娘がいるのだ。そういう家庭を持っているのだ。妻も娘も気立てが良く美人だ。特に娘はどうして私にこんなとんでもなく美しい娘ができたものかと自分でも驚く、いや疑問に思うぐらいに美人だ。確かに妻には似ているのだが、妻には失礼だが数十倍も美しく育ってしまった。テレビに出ているアイドルたちは大勢いるが、どのアイドルを観ても、失礼だがあおいほど美人ではない。

そして、二人とも私を夫として父として愛してくれている。そのはずだ。たぶん。

だから、幸せな人生だ。そう思っている。仕事のストレスなどを持ち込んで家で不機嫌《ふきげん》になったり落ち込んだりすることなどなかった。

そうしているはずだったのだが。

「何かあった？」

晩ご飯を食べ終わり、お茶を飲みながら新聞を広げていた。あおいは自分の部屋に戻り、悦子はキッチンで洗い物をしていたが、カウンター越しにそう訊いてきた。

「何か、とは？」

悦子を見ると、少し心配そうな表情を見せた。

「新聞読むのも何か上《うわ》の空《そら》だから」

「そうだったか？」

いつも通りにしているつもりだったのだが、妻にはわかってしまったのか。

「帰ってきたときからそうだったわ。仕事で何かあったの？　トラブル？」

「いや、そうじゃない」

新聞を置いた。小さな溜息が出てしまった。

「トラブルとかそんなんじゃない。ちょっと、心配事というか、気になってしょうがないというか」

「心配事って、なに」

そうだった。悦子も知っているんだ。

「脇田を、見かけたんだ」

「脇田？」

悦子がそう言ってちょっと考えたような顔を見せたけど、すぐに眼を少し大きくさせて続けた。

「脇田って、あの脇田さん？　大学の同級生の？」

「そうなんだ」

「えっ？」

悦子が洗い物の手を止めると、キッチンから足早に戻って私の隣に座った。

「この町にいるの？　生きていたの？」

「いや、まだわからないんだ。見かけただけなんだ。たぶん」

脇田広巳。大学の寮でずっと一緒だった。そう言っていいのなら、親友とも呼べる友人だった脇田。

「たぶんって」

「いや、間違いなくあいつだった。他人の空似《そらに》じゃないと思う。僕があいつを見間違えるはずないと思うんだけど」

「見かけたって、どこでなの」

悦子が言う。

「本材町の方」

本材町、と悦子が呟《つぶや》く。

「声は掛けられなかったの？」

「遠くてね。いや、道路の向こう側にいたので叫ぶようにして名前を呼んだんだけど、大通りだからさ。トラックとか走ってて聞こえなかったみたいだ」

そして、向こうへ渡る横断歩道は遠かった。

「走って向こう側に渡ったけど、もう脇田の姿は見えなくなっていた。歩いていった方向を探したんだけど」

「見つけられなかったのね」

「そうなんだ」

実は今日も昼休みに、その辺を中心にいろいろ歩いてみた。

「どうしても、気になってね」

脇田だったはずなんだ。

「え、なに？　どうしたの？」

「あぁ」

あおいか。部屋で仕事をしていると思っていたのに、下りてきていたのか。

「何かあったの？　すごく深刻そうな雰囲気」

「いやいや、大丈夫だ。そんな深刻な雰囲気だったか？」

こくこく、と頷きながらあおいが向かい側に座る。

「今にも二人で心中でもするんじゃないかってぐらいに」

そう言うと、悦子が鼻で笑った。

「死なないわよ二人でなんて」

えっ、二人でなんて、って？

「違うのよ。ちょっとお父さんがね。昔の友達のことを」

「昔の友達が、亡くなられたとか？」

「いや、違う違う」

たぶん、違うと思うんだが。

あおいは口調こそ軽いが、本当に心配そうな色をたたえた瞳を私に向けている。もうあおいも十九歳だ。高校を卒業した立派な社会人だ。原稿料はそのうちに私の給料を超えてしまうかもしれないだろう。いやそれはともかく、プロのマンガ家だ。マンガとは、人を描くものだろう。

人生に降りかかる様々な出来事を、悲喜こもごもというものを理解し、そしてそれを糧《かて》にできるのだろう。話しても、いいだろう。

「脇田広巳というんだが、父さんの、親友と言ってもいい友達なんだ」

教えてあげよう。

大学の寮で一緒だったこと。気が合って、寮にいるときにはいつもどちらかの部屋で過ごしていたこと。

席を並べて勉強をし、同じ店でバイトをした。晩飯にどちらかが作った飯を食べた。同じ時代に、同じ空気を吸い、それぞれの思いを共有し、共に泣き、笑い、青春という日々を過ごした友人だ。

「もう、三十年近くも前のことなんだが」

そんなに時が過ぎてしまったんだ。

「大学を卒業してからは、あいつは故郷に戻り、地元の企業に就職してね。滅多に会うこともなくなってしまったけれど」

たまの電話や年賀状で近況を報告し合っていた。出張などで近くに来たときには、何とか時間をやりくりして顔を合わせた。

あおいが、小さく頷いた。

「見たことある。脇田さんの年賀状」

「そうか」

見ていたのか。

「可愛い女の子がいなかった？　年賀状に写真があったと思うけど」

そうだ。

いた。

悦子と眼が合い、お互いに溜息をついた。

「お前とは、七つぐらい年が違ったかな。生きていれば、今頃は中学生になっていたかもしれない」

「生きていれば、って」

思い出すたびに、辛《つら》い。

「震災だ」

あおいが、息を呑《の》んだ。

「あの震災で、あいつの故郷はひどいことになってしまった。そのときに、あいつの家も職場も何もかも」

あいつは、脇田はすべてを失ってしまったんだ。

親も、奥さんも、子供さえも。

「じゃあ、脇田さんは」

「あいつは、たまたまその日は県外に出張に行っていたそうなんだ」

生きていたんだ。家族の中で、脇田だけは。

「それだけは確認できた。同じ大学で、脇田と幼馴染みで、同じ町に住んでいた友人が教えてくれた。幸いにもその友人は家族も皆無事だったんだ」

「その脇田さんが？」

「行方不明になってしまったんだ」

どこに行ったのか、誰もわからなくなった。

「家族を捜し回っていたことはわかった。それから、家族全員が遺体で発見されたこともわかった。ただ、脇田はその後どこに行ったのか、何をしているのか、誰もわからなくなってしまったんだ」

「どこかへ行ってしまったの？」

「何も、わからないんだ」

もう何年間も、あいつは行方不明のままだ。

「その脇田を、見かけたんだ。そういう話をしていてね」

「この町で？」

「そう、本材町の方で。びっくりしてね」

変わっていなかった。いや、その様子からだけ見ると、それこそ大学生の頃に戻っていたようだった。長い髪にラフな格好。

「勤めていた頃はきちんとしていたからね」

「脇田さんは、お父さんがここに住んでいることは知っているんだよね？」

もちろんだ。

「知っているはずだ」

「でも、何も連絡してこないってことは」

「そうなんだ」

あれが脇田だとしたら、この町に来ているんだとしたら、どうして私に連絡してこないのか。

何かが、あるのか。

「探そうにも手がかりは何もなくてね」

「ただ、本材町で見かけたってだけなんだね」

「そうなんだ」

あおいが、ちょっと首を傾げた。

「脇田さんの写真って、あるの？」

「写真？」

「そう、大学時代に一緒に撮った写真とか、ないの？」

「あるけれど？」

何枚かは、ある。一緒に富士山《ふじさん》に登ったときの写真とかだ。

「その写真、貸してくれる？」

「どうするんだ」

「似顔絵を描く。大学時代のを参考にして、今の脇田さんの。お父さんが見かけたときにはほとんど変わっていなかったんでしょ？　大学時代の若い頃に戻った感じで」

「そうだ」

まるであの頃のままの脇田が、ひょいと現れたみたいだった。

「だったら、絵を描いて巡さんに見てもらう。パトロールのときなんかは、お巡りさんたちは常に人を見ているんだって。もちろん、お仕事で。巡さんは、そういうので逃亡犯を何人も見つけているの」

「宇田くんか」

そうか、警察官か。

「知ってるわ。確か、見当たり捜査とか、見取り捜査とか言うのよね？　指名手配犯の顔を全部覚えておいて、街で通行人の顔を見て犯人がいたら捕まえるの」

「そんなことができるのか。だって、指名手配犯の顔なんて、いろいろ変わるだろう」

「そこを、できちゃうのが、警察官なのよ。もちろん全員が全員じゃないけど、巡さんはできちゃうのよね?」

「そう、できちゃうんだ。だから、脇田さんの顔もちゃんと覚えて、パトロールのときには気をつけてくれるから」

そうなのか。

「しかし、職務でもないのにそんなことを頼むのは」

「大丈夫。巡さんも何か警察官としてできることがあったら、どんな小さなことでも言ってくれって」

「そうか」

「あ、そうだ。行成さんにも見せる」

行成?

「副住職さんか?」

「そう。行成さんも、檀家をあちこち回るから、いろんな情報が入ってきたり、人に会ったりするんだって。副住職として何か力になれることがあればいつでもどうぞって」

「うちは檀家ではないんだが」

「大丈夫よ。御仏の御心は広いから」

無宗教の悦子に言われては御仏も困るだろうが、確かにそうか。

「じゃあ、お願いしてみるか」

正直、仕事を休んで探してみようかとも考えていた。手助けしてもらえるのならこんな助かることはない。

あれは、間違いなく脇田だったんだ。

## 八　浜本晋一郎《はまもとしんいちろう》　無職

病院から家に帰ってくると、カツヤとケイも仕事から戻ってきていた。何かいい匂《にお》いがすると思ったら、今夜はカレーにするらしい。

「今度の仕事はもう終わったのか」

「終わったよ」

「さくらさん、どうだったの？」

二人して心配そうな表情を見せて、訊いてきた。

「いや、それが予想以上に、元気だった」

まぁ入院しているのだから元気も何もないんだろうが。

「とりあえず手術は成功したらしい。そもそもが簡単な手術だったようでな。後は一週間や十日か、それぐらいで退院できるだろうということだった」

そうなんだ、と、二人とも少し安心したように頷く。

「でも十日も入院するのか」

「いや、それもご老体だからってことだ。若ければ二、三日で退院できたらしいぞ」

年を取るってことは、そういうことだ。

「オレらも病院に見舞いに行ってもいいかな」

「もちろんいいさ。きっと喜ぶだろう」

警察官時代からの古い付きあいだが入院などとは初めて聞いた。電話を貰ったときには驚いたし、正直ひょっとしたら、と思ったのだが、本当に元気だった。裏の金貸しであり事情通のさくらさんにもしものことがあれば、慌《あわ》てたりホッとする連中もさぞや多いだろう。

留守にしている間の家のことは、信用できる家政婦さんを雇って頼んであるらしい。あの漫画家さんのあおいちゃんや友達の杏菜ちゃんが、家に居着いた猫の様子を見に行くとか。とりあえずそちらの心配をこちらはしなくていいようだ。

話ではどうも石が、胆石《たんせき》が悪さをしたらしい。年齢のこともあり、医者は手術を勧めることを少し躊躇《ちゆうちよ》したらしいが、薬を毎日飲むのなんざまっぴらだと、さくらさんが自分から手術してほしいと言ったとか。

「食べ物とかは持ってったらマズイかな」

「果物なら大丈夫だろう」

カツヤもケイも、祖父《じい》母の顔を知らないそうだ。

きっと私のことは祖父さん代わりとでも思っているのだろう。そして、まだこの春に知り合ったばかりだが、さくらさんのことはお祖母《ばあ》ちゃん代わりとでも思っているのかもしれない。さくらさんも、この若い二人を気に入って家に遊びに来るのを許していた。

カツヤとケイはそのどこか粗暴さを感じさせる容貌《ようぼう》とは裏腹に、老人や子供には本当に優しく接する。一度、街を歩く老人の荷物を持ってやっているところを目撃したことがある。その辺で、団地に住む小さい子供たちと笑顔で仲良く遊んでやっているのもよく見かける。

弱き者に優しい男は、心底優しい人間だと私は思う。さくらさんも、人の心根を見抜く人だ。およそ陽の当たる大通りを歩いてきたとは言えない人だが、だからこそなのか、善《よ》き人間を見抜きそういう人を周りに置く。

裏側で金貸しをやっているのも、落ちてきてしまった人たちを救ってあげようという心積もりがあるからこそだと私は理解している。

「さくらさんって、何歳なんだろう？」

カツヤが訊いてきたが、正確な年齢は、実は長い付き合いだが私にもわからない。

「まだ九十にはなっていないはずだが」
九十、と、ケイが少し驚いた声を出した。
「そんなにおばあちゃんだったのか」

「いつまでもお元気だからな。そうは見えんか」

少なくとも私よりは年上だったはずだ。

「そもそもさ、浜《はま》さんとさくらさんって、どういう感じの知り合いだったの？」

カツヤが訊く。

「言ってなかったか」

「聞いてない」

「さくらさんも話してないか」

二人して頷いた。

さしておもしろい出会いでもないし、人に言っていいような話ではないのだが、まぁ隠すところは隠しておけばいいだろう。

「単純な話だ。さくらさんが金貸しをやっているのは聞いただろう」

「聞いた」

それも、普通の金融業じゃない。

「ひらたく言ってしまえば裏の金貸し業だ。厳密に言えば法に反しているんだろうが、まぁその辺りはさくらさんは裏道や抜け道を知り尽くしている。そういうのを商売にして、なおかつ警察にも協力していた」

「情報屋って話もあったけど、それで警察官として付き合いがあった？」

「誰に聞いた？　情報屋などと」

「市川さん。泰造さんのアニキ。音楽事務所の社長さん」

なるほど彼か。以前はさくらさんに金を借りる類《たぐ》いの人間だったそうだから、そのことを知っていても不思議ではないか。

「ざっくり言ってしまえばそうだが、個人的な繋がりもあったのさ」

「個人的」

そうだ。もう大昔の話だが。

「死んだ妻とな、少しばかり縁のあった人なんだ。だから、警察官として知り合う前から見知ってはいたんだ」

「へー」

本当だ。さくらさんにだって若い頃はあり、その頃から裏の金貸しをやっていたわけじゃない。まったく堅気《かたぎ》だった妻とは友人と言ってもいい付き合いがあった。

「なんか、あれじゃないの？　なんだっけ、色っぽい話とかもあったとか？」

カツヤが笑いながら言って、ケイも含み笑いをする。

「まさか」

そんなのは、ない。あったとしても私たちの時代のそういうものへの考え方は、今の時代からすると相当に堅いものだったろう。

そう言うと、カツヤが首を捻った。

「そうでもないと思うよ」

「そうでもないとは？」

「こないださ、テレビ局の仕事でロケとか行ってたじゃん」

「そうだな」

そういう仕事も増えてきたとカツヤが言うので、そういえばと思い当たった。テレビを観ているとドローンでの撮影が本当に増えてきているのだ。私たちの感覚では空撮というと飛行機かヘリなのだが、今はドローンで簡単に、いや簡単ではないのだろうが、少なくとも飛行場を使わなくても撮影が済んでしまうのだろう。

「プロデューサーの人がさ、五十代かな？　ほらバブルって頃の人でさ。若いときにはディスコで女を引っかけて、そのままホテルに行って朝になったらもうサヨナラなんてのが普通だったって言うからさ」

笑ってしまった。

「確かにそういうような時代もあったな」

私の世代からすると、それこそ若い連中のとんでもないふしだらなものだが。

「でもさ、オレらだってそんなこと考える奴は少ないぜ。そりゃあワルイ奴らはいるけれど、一晩遊んでサヨナラなんてのはひでぇなって思う連中がほとんどだよ」

「そうなのか」

カツヤの言葉にケイも頷く。

「だから、案外浜さんの時代の男女関係って、オレら共感できるもの多いかもよ」

「まぁそういう時代なのかもしれないな」

貧困という単語が世にあふれ出してどれぐらいになるか。かつては若者の憧《あこが》れの象徴だった車というものも、今では興味さえない人が多くなったという話も聞く。草食男子などという言葉もあったか。

男女の云々も、時代とともに変わるものだ。いつまでも自分たちの若い頃の感覚が標準だと思っていると、時代に取り残されるのだろう。

「交番勤務の警察官はな、殺人や強盗を追いかけるのとは違って、地域の若い連中を相手にすることが多いからな。自然と世俗にも通じてくるもんだ」

「あ、なるほどね」

「だから、意外と交番勤務の長いお巡りさんは、話のわかる人が多いぞ」

それでこそ、交番のお巡りさんの存在意義だとも思う。少なくとも私はそうだった。事件を扱うだけが警察官の仕事ではない。そこに住む人たちの安全を守り、同時に事件を未然に防ぐために、多くの人の心に寄り添い善きものを共に育《はぐく》むことが仕事なのだ。

「まぁ、引退したじじいには、できることはほとんどないがな」

ケイが、唇を少し歪めるように動かした。

無口という言葉があるが、ケイは文字通り無口だ。返事も頷くことしかしない。自分で話し出すというのは、もう長く一緒に住んでいても数えるほどしかないのだが。

「あのさ」

そのケイが、私に向かって口を開いた。

「なんだ」

「外国人のさ、日本に働きに来てる人、いるじゃん」

外国人か。

「いるな」

その昔は出稼ぎと言った。日本人だろうと外国人だろうと、稼げるところへ出かけていって働くことを、出稼ぎと呼んだのだ。

「今は、外国人労働者と言えばいいのか」

「そう」

ケイが頷く。

「女の子がいるんだ」

女の子か。それこそ、その昔は風俗などで働くのがあたりまえのような時代もあったが、今はそうではないのだろう。ちゃんとした仕事をするために日本にやってくる人たちも大勢いると聞く。

「そういう人たちと、警官時代になんか付き合いとかあった？」

カツヤが言う。カツヤの母親もそうだったはずだな。この国で生まれた人ではなかったはずだ。

「付き合いはないが、いろいろとはあったな」

不法入国の、犯罪者たちだった。不法入国自体は、管轄が違うので私たち交番勤務の警察官が直接取り締まったりすることはないが、この国の法を犯してしまったのなら、話は別だ。

「そういう女の子と友達にでもなったか」

訊くと、カツヤが頷いた。

「オレじゃなく、ケイの方なんだけどさ」

「そうか」

わざわざケイの方、と断るということは、それなりに親しくなったということなのだろう。

「ベトナムの子なんだけどさ」

「うん」

「なんか、騙されてるっぽいんだけどさ。そういうのはどこへ言ったらいい？」

「騙されているとは、どういうふうにだ」

ケイが顔を顰めて、口を開いた。

「一間のアパートに六人詰め込まれて住んだり、給料が最初の契約のときに言われているより低かったりしてるんだ」

そういうことか。

「詳しい話は聞いたのか？　つまり、どういうふうに日本で働き出したとか、誰と契約したとかだ」

「いや」

ケイが首を横に振った。

「まだみたいなんだけどさ」

カツヤが言う。

「そこのところをはっきりしなければ、どうにもならないな。専門外のことだし、私はもう現役を離れて何十年も経つ老人だからな。どこに言えばいいかはさっぱりだが、ひとつだけわかる」

「何？」

「警察は、その手のことには役に立たん。仮に何か人身売買のような犯罪が行われているのなら別だが」

「だよね」

「労働基準監督署だな。まずは詳しい事情を確認するのが先決だ」

「労働基準監督署」

「お役所だ。外国人労働者の問題は基本はその役所が担当だ。その前に、この辺に住んでいるのなら、彼女たちを雇ったのはこの市にある会社なのだろう。そうであれば、まず市役所に相談窓口もあるはずだからそっちに行くのも手だ」

そうか、と、二人で顔を見合わせて頷く。

「だが、何よりもまず彼女たちがどういうふうに働いているのか。雇用者や契約状況や、雇用状況などを詳しく聞くことが先なんだが」

正直そういうのは、ややこしい。

「誰かプロが入れば話が早いんだがな」

「プロっていうのは」

「外国人労働者の状況に詳しい弁護士さんとか、そういう人たちだが」

二人が考え込んだ。

「そんな知り合い、浜さんいる?」

「いないな」

情けないことに。

「いや、待てよ」

そういえば。

「市川くんは、弁護士になるために勉強をしているんじゃなかったか?」

あ、と、カツヤが手を打った。

「そういやそうだった。司法試験を受ける勉強をずっとしてるんだ」

「誰か弁護士さんに伝手《つて》があるんじゃないのか」

そうかも、と、ケイが頷いた。

「あ、だったらさ、確かあおいちゃんのお父さんって市役所の人だったよね」

お父さん。

「そうなのか?」

それは私は知らなかったが。

「言ってたよ。お父さんは市役所の職員なんだけど、マンガのことを何にも知らないからときどき困るんだって話していた」

ならば、

「訊いてみることはできるだろうな。どこに相談すればいいか。あおいちゃんとは、話せるのか？」

「ＬＩＮＥできる」

今の若者は簡単な連絡方法が山ほどある。いいことなのだろう。

## 九　北村《きたむら》紗英《さえ》　イラストレーター

地上十八階のマンション最上階。

東京なんかの都会ならこの程度の高さは珍しくもなんともないけれども、この街ではいちばん高い建物。周りにはビルがあるけれど、ほぼ全部がここよりも低いところだから、街を一望できる。

ベランダに出て、手すりにもたれながら煙草を吸う。

煙は上に行く。匂いも流れる。最上階だから煙草臭いって文句を言われることもない。今のところはだけど。

(一望って言ってもね)

別に良い景色があるわけじゃない。

はるか向こうに東京の高層ビルが見える日もあるけれど、そんなの見えたところで感動するわけじゃない。むしろ、駅の裏側にある望川《のぞみかわ》の近くに建てた方がよかったんじゃないの？　って思う。あの広い川の流れの方がずっと見ていられると思う。少なくとも望川はこの辺でもけっこうな清流として知られているんだから。

まぁでも、商店街があるから普段の食料品の買い物には便利だし駅にも近いし、東京に行こうと思えば電車で一時間掛からないし。

暮らしていくのには何の不満もないところ。ニュースかなんかで、この街は若い家族が増えているって。東京にもほど近いし、環境もいいし、何よりも子育てがとってもしやすい街なんだって。結婚願望がまったくない私でも、何となくわかる。公園なんかも多いし、子供がいる人たちにとっては、暮らしやすいだろうなぁって。アパートとかマンションの家賃なんかも、けっこう安いし。

私にしてみれば、ここの家賃はタダ。

確かに持ち主は私で管理費も光熱費も通帳から引かれてはいくけれども、自分で払う必要はない。誰かが私の口座に毎月その分をきっちり振り込んでくれる。ここを買ったお金も、私は一切払っていない。

私は、私の生活費だけ稼いでいればいい。さほど売れていないイラストレーターでも、毎日の食費を稼ぐぐらいは、何とかなる。

きっと実家で暮らしているイラストレーターさんはこんな生活なんだろうなぁと思う。きっちゃんとか、マートさんとかも。実家にいるからイラストレーターとしてやっていけるんだって。そうでなければ、一人暮らしだったら、とても無理だって。

一児の母であり、主婦でもあるフジムラさんなんかは尊敬する。よく子育てしながらあれだけの仕事量をこなせるなぁ、って。本当に、すごい。

もちろん、仕事の量があるってことはそれだけ彼女のイラストに人気があって、いろんな媒体の依頼もたくさん来る、ってことなんだけど。

私とは違う。

「仕事しなきゃ」

かけ出しのイラストレーター。

もう二十九歳だけど、全然かけ出し。

ありがたいことに仕事は途切れずにそこそこ来るけれども、そう言ってはなんだけど小さな仕事ばかり。たぶん、毒にも薬にもならない絵柄で仕事が速くて正確で、そして言われた通りにきっちり仕上げるところが重宝されているんだろうけれど、それだけ。

もっともっと、やらなきゃならない。

SNSもたくさん使って、人の眼に触れるものを増やして、どんなに小さくてもいいから個展を開いたりして。

やらなきゃいけない。イラストレーターとして、アーティストとして、自分を確立させなきゃならない。

いい暮らしがしたいわけじゃない。お金持ちになりたいわけじゃない。自分の好きなイラストを描いて暮らしていければそれだけでいい。

それなのに、私はこんなところでハンパな暮らしをしている。させられている。どうしてこんなことになっているんだろうって思うけれど。

部屋の中で煙草が吸えないことは、不満。

まぁその方が健康にはいいんだと思う。実際、ここに住むようになってから本数がグンと減ったし。

このまま禁煙してもいいのかな、って思う。

この部屋に来る人たちも、誰も煙草を吸わない。そういうのは、何だかちょっと可笑《おか》しくなる。

「あ」

ベランダから戻ろうとしたときに、部屋の中に人影が見えた。

「脇田さん」

私の他に、唯一この部屋の鍵を持っている人。

脇田さんは、ぺこん、と、お辞儀をする。スーツ姿の脇田さんは、どこかの大学教授みたいにも見える。

「戻っていたんですね」

「はい」

手に持っているのは紙袋に、それから肩から提《さ》げた小さな鞄《かばん》。きっとあの中にはビデオカメラが入っている。

最近は現場で撮影ばかりしているって言っていたから。どうしてビデオで撮るのかって思ったけど、きっと彼らもちゃんとやってるって証拠を残すためなんだろうなって思う。あと、何か盗《と》っていないかを確認するためにも。

「玄関先で預かって、そのまま来ました」

紙袋を軽くひょい、と上げた。その中に何が入っているのかは、訊かない。聞きたくもない。それなのに脇田さんはそうやって説明する。きっと脇田さんは、私が何もかも知ってるって思ってるんだろうけど。

「脇田さん、お昼ご飯食べました?」

時刻は、一時半。

そろそろお昼をどうしようかなって思っていたところ。

「まだです」

「一緒に食べますか？　今日は部屋でパスタを作ろうと思っていたので」

「ありがたいです」

またぺこん、って頭を下げた。

「着替えてきます」

そう言って、荷物を持ったまま隣の部屋に入っていった。紙袋はきっとそのまま部屋のクローゼットに置いてあるプラスチックの書類ケースの中に放り込んだ。その書類ケースの中身を整理してどっかに持っていくことがよくあるから。

このマンションは３ＬＤＫ。いちばん大きな部屋は私の仕事部屋。そしてその向かい側は私の寝室。この二間は私だけの部屋。他の人が入ってくることは一切ない。ドアノブに手を掛けることもない。

もうひとつは、脇田さんが入っていった、男の人たちの部屋。着替えたり、仮眠したり、荷物を置いたり、休憩室みたいなところ。

そこで脇田さんは泊まっていく。たまにここに泊まっていかない日もあるけれど、どこでどうしているかは知らない。

居間は、誰もいないときには普通に私がテレビを観たり、食事をしたり自由に使っているけれど、男の人たちが集まってきたときには、私は一切立ち入らない。何も訊かないし、聞きたくない。

そこで何が行われているかは、何となくはわかるけれど、かかわり合いたくない。そんなこと言っても実際は私の部屋でそれが行われているんだから、もしも警察がやってきたら私もきっと逮捕されるんだろうけど。

考えても、しょうがない。

私はもうここから出られるはずもないんだ。

あの人はもうこの世にいないけれど、私をここにずっと縛りつけてしまったんだ。

ダメだ。

また考えてもどうしようもないことを考えている。

作りますか。ジェノベーゼ。

ソースは作ってあるので、パスタと野菜を茹《ゆ》でて、絡《から》めるだけ。まったくお手軽な昼食。サラダはレタスとトマトがあるので、それを出せばいい。コーンスープがあるから、それはお湯を入れるだけ。しかも美味しい。

「もうできます」

いつもそうだけど、声を掛けるまで脇田さんは出てこない。扉が開いて、トレーナーにジーンズっていうラフな格好の脇田さんが現れる。

「すみません」

「いえいえ。どうぞ」

「いただきます」

居間のソファに差し向かいで座って、二人で食べる。

「これは」

「ジェノベーゼです」

ジェノベーゼ、って小さい声で繰り返す。

「食べたことありませんか?」

「いえ、たぶんあると思います」

たぶんって。

私が名前を知っているのは、脇田さんぐらい。他にやってくる男の人たちは、名前なんか知らない。呼び合っているのは聞いたこともあるけれど、知りたくもないし覚える気もない。気軽に話しかけてくる人には、適当に答えているけれども。

こうやって食事をしたり会話をしたりするのも、脇田さんだけ。

脇田さんだけは、他の人たちと違う。

たぶん、ここにやってくる人の中ではいちばんの年長者なんだろうと思うけれど、何をしている人なのかまったくわからない。使いっ走りのようなことをしているみたいだけど、他の人が脇田さんに接する態度を見ていると、一応はきちんと扱われているみたいだ。皆が、脇田さん、と呼ぶし、彼が何かをして戻ってくるとそのときに誰かがいれば、お疲れ様です！　と挨拶が飛ぶ。だからって、脇田さんが男の人たちに何かを命じることもない。

きっとあの人の知人なんだろうけど、まったくどういう立場の人なのかわからない。でも、悪いことをやってきた人だとはまったく思えない。

それに。

「脇田さん、好きな食べ物ってありますか？」

脇田さんが、ふむ、って感じで考え込む。

「好きな食べ物、ですか」

「そうです。食事でも、お菓子とかでもいいですけれど」

「なんだろうな」

考えている。

脇田さんは、記憶を失ったような人に思えることがある。記憶喪失なのか、あるいはちょっと認知症気味なのか。

「焼き芋が」

「焼き芋？」

こくん、って頷いた。

「何だか、焼き芋を好んで食べていたような気がします」

焼き芋。

特にどこかの名産ってわけでもないわよね。さつまいもの生産は確かに鹿児島がトップだと思うけど、その他にもあちこちで生産されているから、そこが出身地ってわけでもないと思うけど。

「好きだったんですね」

「たぶん」

たぶん。

たぶんってどういうこと、って、それ以上つっこんで訊いても、いつもよくわからないって感じで曖昧《あいまい》に微笑んで会話を終わらせてしまう。かといって、質問されることを嫌がる感じでもない。訊けばきちんと答えてくれる。何かを頼めば、すぐに動いてくれる。

でも、どこの出身って訊いても、今までどんなことをやってきたのかって訊いても、その辺は何も答えてくれない。拒否するんじゃなくて、考えて答えようとするんだけど、その答えに辿《たど》り着かないって感じ。

具合が悪そうでもないし、どこか大怪我《おおけが》しているわけでもないし、病気ってわけでもなさそうなんだけど。

「若い頃でしょうかね。自分で焼き芋をしていたとか」

私はそんなことしたことないけれど、昔のマンガなんかで、落ち葉で焼き芋をしているのをよく見る。それは本当に昭和の古い時代で。脇田さんはそんなに年ではないと思うんだけど。

「そうですね」

「そうなんですか？」

少し首を捻った。

「庭で、よく焼き芋をしていたんじゃないかと。友人たちと」

「友人、ですか」

少し微笑んだ。

「田舎で、実家でさつまいもを作っている友人がいたんですよ。よく送ってもらっていたんです。それを皆で食べていました」

実家、そして送ってもらっていた、ということは、きっとずっと若い頃。

「どっかの寮とかで、ですかね」

あぁ、って頷いた。

「大学の、寮ですね」

そう言ってから、何かを確認するように一人で何度も頷いた。

「そう、大学の寮に、いたので」

大学の寮にいたんだ。やっぱり、きちんと勉強をしてきた人なんだ。そんな感じはしていた。どうしようもないヤクザな男たちとは全然違うから。

でも、今日はきちんと答えられた。答えてくれた。ひょっとしたら。

「どこの大学に行っていたんですか？　東京ですか？」

東京、って呟いてから振り向くようにして窓の外を見た。

「そうですね。東京です。東京の大学に行ってました」

東京の大学で寮に入っていたってことは、出身は東京ではないってことね。でも、脇田さんの言葉にほとんど方言は感じられない。

「どこから、東京に行ったんですか？　ご実家は？」

うん、と、頷いた後に、脇田さんはそれまで美味しそうに食べていたパスタを、急に味がしなくなったようにフォークの先でただ掻《か》き回した。

「たぶん、どこかから、でしょうね」

ダメだ。またこんなふうに、閉じてしまう。急に答えられなくなってしまう。

話題を変えよう。せっかく今までにないぐらいいろんなことを話してくれたのに、このままだとまた黙ってしまう。

「今日はこの後、何か用事があるんですか？」

　脇田さんが、首を横に振った。

「特には何もないと思います」

「ちょっと、東京まで買い物に行こうかなって思っているんですけど、一緒にどうですか？」

「一緒にですか」

　少し考えていた。

「いいですよ。何を買いに行くんですか」

　きっと大きなものでも買いに行くから、荷物持ちが必要だと思ったんだろう。

「画材とか、いろいろ買いたいんです。この辺には売っていないので」

　わかりました、って頷いた。

「大きなカンバスでも買いますか」

　カンバスって普通に言った。絵に関心のない人だったら、そんな単語はすぐに出てこないんじゃないかな。

「そういうのも、買うかもしれません」

「そうですか」

「絵とか、好きですか？」

ほんの少しだけど、笑みを浮かべてくれた。

「たぶん、好きですよ」

また、たぶんか。でも、好きなんだ。

「美術館とか、行ってました」

「そうなんですか?」

それは、びっくりだ。すごいパーソナルな情報。美術館へ足を運ぶような人だったんだ。

「それじゃあ、今度は美術館へ一緒に行けますね」

すごく嬉しくなってそう言ったら、すぐに頷いてくれた。

「そうですね。美術館なら、何もなければ行けますね」

予定ができた。

## 十　市川公太　音楽事務所社長

酒を飲まなくなって随分《ずいぶん》になるんだけどな、あれだ、酒を飲んでいると確実に病気になるってのは本当だと思うよ。

マジで身体が楽なんだ。健康になっているんだって実感するんだよこれが。飯は旨《うま》いし

さ、何だったら空気も旨いって感じるさ。足取りなんかもどんどん軽くなってくるんだ。

「そういう結果も出ているんだよな。煙草を吸っても確実にガンになるとは言えないけれ

ど、酒を飲んでいると確実にガンになるって」

「本当か？」

行成がご飯をよそいながら、ちょっと驚いたふうに言った。

「ホントもホント。長年の研究でそういう結果が出てるんだってさ。酒は百薬《ひやくやく》の長《ちょう》とか

言ってるけどそんなことはまったくないってさ。とにかくアルコールってのは身体に悪い

んだよ」

「そんなニュースはどこかで読んだね」

巡が肉を焼きながら言う。

「だろ？」

「本当にそんな内容だったかどうかは覚えていないけれど、毎日お酒を飲んでいると確実

に病気にはなるらしいよ」

行成が、むぅ、って唸《うな》る。

「あれか、それなのに酒がなくならないのは、皆が飲むからか」

「とんでもない社会的な影響が出るからだろ？　巡は知ってるんだろ？　世の中の犯罪の大半は酒のせいだよな」

笑った。

「それは言い過ぎだろうけど、確かに飲酒による犯罪も事故も多いよね。酒がなかったらどんなに世の中平和になるだろうって、たぶん警察官なら皆が思っているよ」

「だろう？」

「それなのに、誰も何も言わないか。煙草はいまや消されようとしているのにな」

「煙草なんざ、吸おうが副流煙《ふくりゅうえん》を吸おうが、それが直接の原因で死ぬことはないんだぜ？　酒は飲めば確実に病気になるんだ。死に至る病《やまい》にな。それが証明されているのに酒はなくならねぇんだ」

「まぁ旨いからなぁ」

「確かにな」

行成もビール好きだったけど、最近は全然飲んでないしな。もうアラサーの男三人が集まって酒も飲まずに飯を食いながらきゃっきゃっ話してるのは、傍《はた》から見たら気持ち悪いかもしれないけどな。

すべては、巡と行成とこうやってつるみ出してからだ。

巡の休みの日に小学校の同級生三人で飯を食うようになった。

警察官である巡が酒を飲まないから、自然と酒は飲まずに飯だけ食って話すだけ話して過ごすようになった。未成年のあおいちゃんや杏菜ちゃんもときどき一緒になるから、余計に酒は出ないで、そして煙草も吸わなくなっていった。

まぁ巡は一人でいるときには、特に仕事関係で何かを考えたいときには煙草は吸うらしいけど。

「坊主だって酒なんか飲んでいたら生臭坊主って言われるだろ」

「そんなことはないぞ。通夜《つや》の席でお坊さんは酒を勧められるだろう？」

「そういえばそうだね」

そうだったな。

「まぁ大抵《たいてい》は車を運転してきたりしているから飲まないんだけどな。通夜の席で親族の皆さんと酒を飲みながら故人を偲《しの》ぶのも供養《くよう》のひとつだ」

「確かにな。でも飲まないんだろ？」

「飲まなくなったなぁ」

行成が言って、巡が笑う。

「杏菜ちゃんは酒飲む男がイヤだからな」

「あ、そうなのか？」

そもそも杏菜ちゃんも、それからあおいちゃんも酒を飲むようなデートはまだできないだろうけどな。

「お父さんの酒癖《さけぐせ》が悪いそうだ」

「杏菜ちゃんのお父さんか」

確か自動車の整備工場をやっていたよな。

「今はそうでもないようだけど、そのせいで夫婦喧嘩《げんか》も以前はよくあって、それで杏菜ちゃんは酒を飲む男の人には嫌悪感を抱くようになったそうだ」

「そりゃあ、飲めんな」

行成が頷く。

「確かに、健康になっていいさ。ただでさえ年齢が離れているんだから、毎日元気で過ごして寿命も延ばさないとな」

「もう杏菜ちゃんと結婚する気満々じゃねぇか」

そうそう、って頷く。

「大学を卒業するまではしないけどな」

「もう杏菜ちゃんはお寺の仕事を覚え始めているんだよね」

「マジか」

「マジだ。休みの日なんか一日中手伝ったりしている」

そりゃ知らんかった。てっきりただのデートをしているんだって思っていたら。

「肉焼けてるぜ。こんないい肉は滅多に食えんぞ」

「食うさ」

今日は行成の家、家っていうか〈東楽観寺〉の台所で飯を食うことになった。檀家さんからいい肉を貰って、家族だけで食べるのには余りそうだからって、ちょうど巡の休みに当たったんで晩飯が焼き肉になった。焼き肉をやるならここがいちばんいいんだ。広くて窓を開け放《はな》てるからちょうどいい。しかしこんな夏の夜に焼き肉やりながらビールが飲めないってのは、確かにちょいと淋しいけどな。

「あおいちゃんの方はどうなんだ。あれだ、前にうちのやつが言ってたぜ。杏菜ちゃんとあおいちゃんは一緒に結婚式を挙げることも考えているって」

「マジか。それは聞いてないな」

行成が肉を口に放り込んでから言った。

「巡と一緒にバージンロードを歩くのか？」

「ぞっとしないな」

「いくら幼馴染みって言ってもな」

巡がちょっと顔を顰めた。

「あおいちゃんがね」

「うん」

「いや、結婚とかその話にはまったく関係ないんだけど、ついこの間オレオレ詐欺の現場を見たって言ってきたんだ」

「オレオレ詐欺？」

「現場って、どういうことだ」

たぶんそうじゃないかって、巡が言う。

「駅前で、不審な動きをしている若い男を見つけてね。そいつの後を尾けたんだってさ。間違いなくオレオレ詐欺の、金を受け取る瞬間だったと思うって」

「おいおい、そんなのからあおいちゃん仕事したってか。すげぇな」

「仕事って言うな」

そうだな。

「でも、そう言うからには掏り取ったんだろ何かを。そいつのポケットから」

「そういうことだね」

「何を掏り取ったんだ」

「メモだった。本当なら奪った現金とか、免許証なんかを取りたかったけど無理だったって」

「あおいちゃん、本当に度胸あるよな。まぁそうでもなきゃ天才掏摸の跡継ぎにはなれんかったんだろうけどよ」

「メモって、何が書いてあったんだ」

行成が訊いたら、巡は首を捻った。

「捜査上の秘密か？」

いや、って首を横に振る。

「まだ事件にもなっていないよ。何も証拠はないんだ。その男が何者かもわかっていないし、手元にあるのはそのメモだけなんだけどね」

「似顔絵とか描いたんじゃないのか？　あおいちゃんなんだから」

「描いた」

「後で見せろよ。知った顔だったら一発じゃねぇか」

あ？

待てよ？

そういえば。

「ちょっと待て」

箸を止めて、置いて、掌《てのひら》を広げておでこに当てた。

「どうした公太《こうた》」

あおいちゃんか。

そうだ。

「俺、この間あおいちゃんを見かけたんだよな。駅の方で」

「そうなのか？」

そうなんだ。

「買い物かなんかだと思ったんだがな」

声は掛けなかった。道の反対側を歩いていたし。

「妙に真剣な顔をしていたんだよな」

そうだ、していた。

「待て待て」

記憶はあるか？　俺の記憶はけっこう簡単に消えちまうからな。

「何かあったのか？」

「待て、思い出す」

消えちまった映像でも、絞《しぼ》り出せば何とか思い出すこともある。ここんところの俺はずっと勉強して頭を使い続けているから、たぶん絶好調だ。

思い出す。

あおいちゃんは、歩いていた。

そして、あおいちゃんと裕が擦れ違った。

ひょっとしてそのときに。

「うーん」

「どうした」

巡と行成が同時に言ってくる。

「俺の昔の店で働いていた若いのがさ、あおいちゃんと擦れ違ったのよ。そのときに、あおいちゃんは妙に真剣な顔をしていたんだ。それを今、思い出してよ」

「え？　じゃあああおいちゃんがあのメモを掏り取った相手は、公太の知り合いってことか？」

「それは」

わからなかった。

「何とかその場面を思い出したんだけど、あおいちゃんがそいつから掏り取ったかどうかは、見えてない。いや、わからない」

「わからないってのは、覚えてないってことか？」

「いや違う。その場面は思い出した。はっきり映像が頭の中に流れるけれど、あおいちゃんが掏り取ったかどうかは見えないってことだ。彼女は普通に歩いて、普通に擦れ違った」

なるほど、って二人して頷く。

「そもそも、あおいちゃんがそうやって掏り取るところを俺たちも見たことないしな」

「僕は、あるよ」

ちょっと驚いて訊いた。巡が軽く頷く。

「あるのか⁉」

「知らないままでいたら、彼女を守ることもできないからね。休みの日に、二人きりのところで僕のポケットにあるものを掏り取ってもらったんだ」

行成が言う。

「それは、あおいちゃんが掏り取るってわかっていてやってもらったんだろ？」

「そうだよ」

「それじゃあ、何にもならないだろ。わかってしまうだろうすぐに」

それが、って巡が首を横に振った。

「全然わからなかったんだよ」

「マジか」

「大マジ。本当に驚いた。あおいちゃんの手が動くのさえわからなかった」

すげぇなあおいちゃん。

マジで天才掏摸なんだな。

「じゃあ、俺の眼にも見えなくてあたりまえか」

「そういうことだね」

オレオレ詐欺か。

「ちょっと、そのあおいちゃんが描いた似顔絵見せろ」

そいつが裕だったら、とんでもねぇ話だ。

# 十一　宇田巡　巡査

人懐《ひとなつ》っこくて大人しくて、ちゃんと言うことを聞く利口なワンちゃんなんだけど。

「いったいどこから来たんだオマエ。うん？」

玄関を上がったところで行成がわしゃわしゃと犬の頭をつかんで撫《な》でてやると、犬は明らかに喜んでいる。嬉しそうな顔をしてされるがままになって、ごろんと床に転がった。

「いや、本当にいい犬だ。野良犬《のらいぬ》なんかじゃない」

「それはもう一目瞭然《いちもくりょうぜん》だよ」

ゴールデンレトリバーだ。毛並みもいいしそんなに汚れてもいない。ついさっきまで、っていうのは大げさでも、少なくとも家の中にいてきちんと手入れされていたワンちゃんなのは間違いないんだ。

それが、歩いていた。交番のすぐ近くの歩道を、首輪もリードも付けないでうろうろと。たまたま通りかかった犬好きの人が誘導するように交番に連れてきたんだ。どうやら迷子ですって。

「まだ若いな」

「わかるのか？」

「何となくだが、二、三歳じゃないかな。身体に張りがあるし動きもいい。しかし散歩中の迷子にしちゃ、おかしいよな」

行成が言う。

「そうなんだ」

ゴールデンレトリバーは賢くて大人しい犬種だろう。とはいってもこんな大型犬を首輪もリードも付けずに散歩する不心得《ふこころえ》な飼い主はあまりいないと思う。かといってこの近くにはドッグランがあるような施設はない。ペットを扱っている店や犬を連れて行けるカフェなんかにも連絡してみたが、心当たりなし。今のところ犬を探しているという通報もない。

「飼い主が散歩の途中で倒れたとか」

「もちろん考えたよ」

意識不明になって、このワンちゃんだけがうろうろしてたって可能性も考えて西山さんがパトロールしたけれど、今のところそれも見つからない。

「救急の通報もないんだ」

「ないのか」

市内の病院に確認したけれど、今のところ路上で倒れて運ばれたような人はいない。もちろん、家で倒れて運ばれた人も。

行成が腕時計を見た。今は午後二時を回ったところだ。

「犬が来てから二時間か。問い合わせもないんだよな」

「今のところないね」

「動物病院へは？」

「まだだ。見たところまったく健康体だし」

「まぁ保健所に連れて行くのは確かにな」

残念ながらここはまだ殺処分ゼロには至っていない。もちろん連れて行ってすぐに処分されることはないけれども。

「いいぞ、預かる」

「助かる」

今までにも何度か〈東楽観寺〉には迷子やあるいは捨てられて交番に持ち込まれた犬や猫を、しばらくの間預かってもらっていたそうだ。僕が来てからは初めてだけど。

「待ってろ。大型犬にも使える首輪があるしリードもある」

「何でもあるんだな」

玄関脇にある納戸《なんど》の扉を開けて、行成がしわくちゃになっているコンビニの袋を持ち出した。中から首輪とリードが出てきた。

「この犬ならそのまま飼ってもいいけどなー」

行成が言う。

「寺で犬は飼えるのか？」

「いや何でも飼えるぞ。うちにはたまたまいないだけで、犬はともかく寺と猫なんて最強の組み合わせじゃないか」

そういえばそうか。お寺には猫がよくいるような気もする。

「でもまぁ、あんまり寺で犬を飼うのはよろしくないかな。どんなに大人しい犬でも吠《ほ》えることはあるだろう。読経《どきょう》中に吠えられても困るしな」

「あぁ」

確かにそうか。葬儀の最中にワンワン鳴かれたら確かに迷惑だ。

「散歩もな。大勢いる寺ならともかく、うちみたいに親子三人しかいないとなぁ」

「杏菜ちゃんが嫁に来たら大丈夫じゃないか」

「まだまだ先だ。とりあえず、今は時間があるから散歩してみるか？」

「家に帰るかもしれない、か」

そうだ、って行成が頷く。

「犬は賢いからな。お前はこのままパトロールに出られないのか」

「行けるよ」

「ちょっと待ってろ。うんち袋を用意する」

リードをつけると、犬は喜んで外に出て行く。行成が小さなトートバッグを持って走ってくる。

「よし、好きに歩け」

犬は、きちんとリードを持った行成の脇を歩いていく。

「躾《しつ》けられてるな」

「そうみたいだね」

立ち止まると、止まる。

「うろうろはしないか」

「とりあえず、犬を発見した方へ歩いてみよう」

「そうするか」

二人で歩き出すと、ちゃんと犬も歩き出す。

「犬の散歩をしてる人がいたら、声を掛けてみるのもいいな」

「そうだな」

犬を飼っている人同士なら、もしも近所なら繋がりもあるはずだ。この犬を知っている人もいるかもしれない。

「そういや、どうなった。あのオレオレ詐欺は」

「まだ何もわからないんだ」

渋谷裕。年齢はたぶん二十一歳ぐらい。現住所はわからないけれど、東京出身であることは確か。

「彼が特殊詐欺の受け子をやっていたかどうかもまだわからないんだから、捜査のしようもないんだ」

「だよな」

あおいちゃんが描いた似顔絵で、彼が間違いなく公太の昔の店で働いていた若者ってことはわかったけれど、今のところそこまで。

「公太がその頃の従業員とか、いろいろあたってくれたけれど、渋谷裕くんが今どこで何をしているか知っている者は誰もいなかった。そもそも連絡先を誰も知らなかったんだ」

「そうか」

もちろん、渋谷裕くんには前科もなかった。

「採用のときに履歴書も提出してもらわなかったらしいよ」

「そんなもんか」

「ただ、公太の人を見る目を信じるなら、そんなに悪い子じゃないらしいけどね」

「どうだかな。オレオレ詐欺なんてのは大体元締《もとじ》めにヤクザが絡んでいるんだろ？　その辺から何か辿れないのか」

「辿れるなら、警察で一斉《いっせい》検挙してるよ。それに、今は必ずしも暴力団が絡んでいるとは限らない」

「そうなのか？」

そうなんだ。

「電話さえあれば、誰でもできるものだから。たとえば若い子が一度でも受け子として参加してやり方を覚えたら、今度は仲間を集めれば自分たちで簡単にできてしまう」

「簡単か？」

簡単だ。

「一人暮らしの老人とか、その手のリストなんてものは今はそういう世界では意外と簡単に手にはいる。電話を掛けまくるときには当然そのリストをプリントアウトして配るんだから、それをそのまま持ってくればいい」

そうか、って行成がリードを持った手を振った。犬は何事かって顔をして行成を見た。

「本当にいい子だね」

「いい子で、カワイイ。何でこんな子を捨てるんだか」

「捨てられたとは限らないけど」

「いや、どう考えても捨てたんだろ。こんなに賢い犬が迷子になるはずない。どっか遠くから連れてきてこの町でさ」

それは、ない。

「どうして」

「捨てたいなら、どっか山の中にでも捨てるさ。わざわざ町中に捨てるなんてことはしない。誰に見られてるかわからないんだから」

まぁそうか、って頷く。犬はときどき舌を出しながら、歩いている。でも、自分からどこかへ行こうとはしない。ちゃんと行成の歩く方へ歩く方へついてくる。

「飼い主がどこかで倒れているという可能性が消えたのなら、もっと大きな事件が起こっている可能性もあるんじゃないかって思ってる」

「大きな事件？」

考えたくはないけれど。

「この犬を散歩させていた飼い主が、どこかで拉致《らち》されたとか、だ」

「うわ」

そうか、って行成が顔を顰める。

「散歩中に拉致されて車に乗せられて、犬は車を追いかけてきて迷子になった、か」

「可能性としてはね」

「首輪もリードもないのは？」

「一度犬も一緒に車に乗せられたけど、証拠になるような首輪とリードは外されて犬は車から降ろされたっていうのも考えられる。この通り、かなり大人しい犬だ。そんなふうにされても拉致した人間を攻撃しなかったのかもしれないし、逆に攻撃したから降ろされた可能性もある」

「犬に嚙《か》まれた痕《あと》がある奴がいたらそいつが犯人か」

「まぁあくまでも可能性だね。そもそも犬の散歩中に拉致するなんて可能性は低い。想像だよ。どんな事件が起こっているのかを予《あらかじ》め想定するのは捜査の基本だ。先入観なしにいろんな可能性を考えてみる。それこそ、特殊詐欺に繫がる事件かもしれない」

「どう繫がるんだ」

　溜息が出るけれど。

「さっきの話の続きになるけれど、子供になりすまして、金を持ってこさせて金を奪うなら、決して良くはないけれど誰も肉体的に傷つけてはいない。でも、考えればすぐにわかるけれど、金を持ってこさせるのは案外面倒だ。もしも、家に現金があるってわかったのなら、てっとり早く済ませるにはどうする？」

なるほど、って行成が頷く。

「家に押し込むのか。電話番号のリストがあるってことは、その家の住所のリストもあるってことだ」

「そういうことだ」

「押し込まれた先の家で飼われていた犬が逃げ出したかあるいは犯人を追いかけてきて迷子になった、か。まぁ可能性としてはあるか」

残念ながらオレオレ詐欺ではなくて、そういう特殊詐欺から派生したと思われる押し込み強盗が増えているんだ。

「たぶん、特殊詐欺に加担した若者たちの犯行だね」

「ヤクザじゃなくてか？」

「暴力団がやらせるなら、そんな直接的なことはまずしない。捕まったらあっという間に芋づる式だからね」

「金が早く欲しい無軌道《むきどう》な若者ってか」

いつの時代も無軌道なのは若者ってことになってしまう。まぁたぶんどんな時代になってもそうなんだろうけど。

「今は暴力団より、そういう素人の方が短絡的な犯罪に走ってしまうんだよ」

「そういうものか」

もちろん、本当にただの迷子、賢そうに見えておっちょこちょいのワンちゃんで、家からひょいと出てきてそのまま迷子になってしまった可能性だってあるわけだけど。

「巡。こいつ、自分で歩く方向を決めてるぞ」

「そうなのか？」

「さっきから俺は方向を決めてない。この犬の進む方向へ歩いている」

商店街の方へ行こうとしているのか。

「案外この子の家は、ずっと向こう側だったりしてな」

「とりあえずはそのまま行ってみよう」

駅前まで行くのなら、署に寄ってみてもいい。この犬の件は既《すで》に伝えてあるから、何か情報が入っているかもしれない。

駅前か。

「ひとつ、気になることがあるんだ」

「なんだ」

「あおいちゃんが渋谷裕くんから掏り取ったメモがあったろう？」

「なんだっけ、〈GT5901〉だったか」

「その意味なんだが、GTというのが、〈グレースタワー〉の略だったらどうだろうってふと思ったんだ」

行成が立ち止まった。GT、って呟く。

「ありうるな。あれだ。例のそのマンションの部屋が暴力団の事務所になっているんじゃないかっていう通報か」

「そう。それと結びつけると、渋谷裕くんが本当に特殊詐欺の仲間で、〈グレースタワー〉の部屋を拠点にしているんだったら」

メモか！　って行成が大きく頷いた。

「最近になってそこを根城《ねじろ》にしたもんだから、忘れないようにメモをしておいたのか。5901ってのは部屋番号のことか⁉」

「そう思ったんだけどね、でもあそこにその部屋番号はなかった」

「ないのか？」

「あそこは十八階建てだ。仮に5が五階のことだったとしても、901という部屋番号はなかったんだ」

「部屋番号じゃないとしたら何だ？」

これも可能性のひとつでしかないけれど。

「あそこに入るのには入口で番号を入力しないといけない。部屋番号を入力するんだったら誰でも入れてしまうだろう？　暗証番号を入力するか、もしくは部屋番号を押して中の住人を呼び出してロックを解除してもらわないと入れないいんだ」

行成が手を打った。

「〈5901〉は暗証番号か。〈グレースタワー〉のどこかの部屋の」

「そうなのかな、とも考えた。あおいちゃんと渋谷裕くんがすれ違って、そして渋谷くんが歩いて行った先には、確かに〈グレースタワー〉があるんだ」

じゃあもう、って行成が指差す。

「行くしかないんじゃないか？　その最上階の部屋にピンポーンって。別に踏み込むわけじゃなくて、交番のお巡りさんは巡回とかできるんだろう？　何かおかしなことはないですかーって」

「あそこは〈東楽観寺前交番〉の管轄外だよ。もちろん署に言って担当に回ってもらうことはできるけれども、市民の電話一本だけではあまりにも根拠が薄い。ましてや僕が行って不審なところはない、って管理人にも確認しているんだ。それに、このメモの出所《でどころ》はって訊かれたら？　答えられないだろう？」

そうだった、って行成が顔を顰めた。

「あおいちゃんの掏摸の腕を報告はできないな」

その通り。

「しかし、可能性で言えば明らかにパーセンテージは上がっているんじゃないか？〈グレースタワー〉最上階の部屋に何かあるかもしれないってのは」

それも、その通りなんだけど。

携帯が鳴った。立ち止まると犬も止まった。

「はい、宇田です。はい。あ、そうですか！　わかりました。すぐに連れて帰ります」

「犬か？」

ホッとしたように言う行成に頷いた。

「飼い主から連絡があったようだ。弥生町《やよいまち》に大きなペットショップのあるホームセンターがあるだろ」

「あるな」

「駐車中の車から何かの弾《はず》みで逃げ出したらしい。首輪も新しいのに付け替える最中だったみたいだ」

いやいや、って笑う。

「人騒がせな。家帰ってからやれよってな」

「まぁよかったよ。なぁ」

犬に言うと、ワン！　と鳴いた。

## 十二　浜本晋一郎　無職

「来なくたっていいんだよ別にあんたまで」

さくらさんに言われて苦笑する。

「男手があった方がいいでしょう」

「大きな荷物があるわけでもなし。あたしは女だよ。あおいが来てくれて支えてくれれば充分だろう」

あおいちゃんも笑う。

「ではあおいちゃんに支えてもらって、私は荷物を持ちましょう」

確かに荷物と言っても紙袋とボストンバッグひとつずつだけなのだが、それでも男手があった方がいいだろう。自分で言うのもなんだが、八十過ぎとはいえ、まだ足腰はしっかりしている。この病室に来るときも、五階までの階段だって平気で上ってきた。

さくらさんは、弱った。

もう米寿《べいじゅ》を過ぎたかという年齢なのだから弱ってあたりまえなのだが、こうしてベッドから下りて歩き出す様子を見ると、明らかに入院前より身体に力がない。

老人は、そうなのだ。ほんの一週間程度の入院だったとしても、あっという間に筋力や体力が落ちてゆく。

「車椅子《くるまいす》を持ってきましょうか」

「ぶつよ浜本さん。あたしのどこが車椅子に乗る病人だっていうんだい」

あおいちゃんが、苦笑いしながら私を見る。しっかり支えているから大丈夫ですよ、という表情を見せる。

さくらさんはあおいちゃんをすっかり孫のように思っているのだな、と思う。もっとも実際にあおいちゃんの祖母であるみつさんとは縁が深かったのだから、今こうして二人が孫と祖母のようにしていても何の不思議もないのだが。

「タクシーだろう？　まさか浜本さんが車で来ているわけじゃないだろう」

「来ませんよ。とっくに運転免許は返上しました」

「私、今度取りに行きますよ免許」

ゆっくりと病院の廊下《ろうか》を歩きながら、あおいちゃんが言う。

「おや、そうかい。漫画家に免許なんか必要かい」

「あったら便利だし、何でもネタになります」

それは、そうだ。

「そのうちに教習所のことを漫画に描くかもしれないだろうしね」

「そうなんですよ」

　にっこり笑って、頷く。

「いつでもどこでもカメラを持って行くんです。あ、スマホとは別のデジタルカメラですけど」

　ジーンズの後ろのポケットを指差した。確かに、黒いカメラの端が見えている。

「さっきも撮っていたね。あたしのベッドの様子を」

「はい」

「いい資料写真になったかい」

「なりました」

　二人で笑って言う。

　私は漫画というものにあまり興味はなかったが、カツヤとケイがほとんど一緒に暮らすようになってから、二人の持ち込んでくる漫画を読むようになった。

　おもしろいものだ。何よりも、物語が良い。小説はそれなりに読んでいたので物語は好きだったのだが、漫画もこんなに物語性が豊かなものだとは思っていなかった。

　あおいちゃんの漫画も読んでみた。

　この子は、絵が素晴らしい。漫画の場合も筆運びというのだろうか。それが、いいのだ。描かれる登場人物たちがまさしく生き生きと紙面上で動いている。その様子がとても良いのだ。あおいちゃんの漫画が載っていた雑誌の他の漫画も読んでみたが、彼女よりも素晴らしいと思える人は、一人か二人だった。

きっとこの子は、時代を代表するような漫画家になるのではないかと、個人的には思っている。

「会計は終わっているんだよね？」

エレベーターで一階のホールに降りてきたら、さくらさんが言った。

「大丈夫。さっき終わらせた」

「ありがとうね。浜本さん、タクシーはいるかい」

「いますよ。ここはいつも何台か停まっているから」

実は、私もこの市立病院の常連だ。ホールには、顔馴染みの年寄りが何人もいる。そして、いつの間にか姿を見せなくなった顔馴染みも多い。

「さて、じゃあ我が家へ帰ろうかね」

さくらさんの家は、主《あるじ》がいない間も猫がずっとそこを守っていたそうだ。いつの間にか居着くようになった猫。

家政婦さんが来ていたというだけあって、ついさっきまで人がいたような気配が漂っている。空気がこもっている感じがまったくない。実際、あおいちゃんや杏菜ちゃんも毎日のように来て猫と遊んでいたという。

やれやれと、さくらさんが居間の座椅子に腰掛けた。いつもの、定位置だ。

「寝てなくて大丈夫ですか」

「病院で散々寝たよ」

あおいちゃんがお茶を淹《い》れる。久し振りに主人に会えた猫が嬉しそうにさくらさんにくっついている。

ここに、いつまでこういう時間が流れてくれるのかと思う。いざというときに私が何かと役に立てればいいのだが。

「はい、どうぞ浜本さん」

「あぁ、ありがとう」

あおいちゃんが、お茶を持ってきてくれた。

「締め切りは大丈夫なのかい」

「大丈夫です。ヤバかったら、こもります」

明るく優しくて、そして強い女の子だ。おまけに才能もあって美人なのだから、神様はどれだけこの子を愛したのかと思う。

「あ、一昨日《おととい》、カツヤくんからＬＩＮＥが来て」

「あぁ」

あの件か。

ベトナムから来たという女の子の話。

「お父さん、父に訊いたんです。そうしたら、外国人労働者の問題なら、父が力になれるかもしれません」

「あぁ、そうなのか」

それは、偶然だった。よかった。あの無口なケイも、あおいちゃんのお父さんになら話もしやすくなるだろう。

「カツヤくんにはLINEで伝えたんですけど、とにかく一度本人が来てほしいって。そのときには、日本に来ることになったときの契約書や賃金の明細書やそういうものをちゃんと揃えてきてって」

うん、と、頷いた。そうだろう。ただ話を聞くだけではどうしようもない。

「ただですね」

「うん」

「父が言うには、もしも不当に扱われているような場合には何かトラブルが起きてもおかしくないと。今までもそんなことがあったって。なので、カツヤくんやケイくんだけじゃなくて、ちゃんとした大人がついて、書類上でもきちんと確かめてくれた方がいいと思うって」

「なるほど」

それは確かにそうだろう。決してそうあってはならないのだが、カツヤやケイのような高校にも行ってない若造だと、信用度は圧倒的に落ちるだろう。

「なので、浜本さんができるなら一緒についていってあげた方がいいような気が、私はするんですけど」

「そうだね」

「何の話だい」

じっと聞いていたさくらさんが、お茶を一口飲んでから言う。

「ええ」

入院中だったさくらさんは何も知らない。

「あの二人なんですけどね」

カツヤとケイが知り合った、ベトナムから働きに来ている女の子の話を教えた。

どうもその彼女たちが、雇用者か、あるいは、日本での仕事を斡旋《あっせん》した人間に騙されているのではないかと。搾取《さくしゅ》とかに遭《あ》っているんじゃないかと。そう思われるので、市役所にいるあおいちゃんのお父さんに訊いてもらったんだと。相談窓口みたいなところはないのかと。

さくらさんの顔が歪んだ。

「カツヤとケイは、その女の子たちから詳しい話はまだ聞いていないんだね？」

「まだみたいですね。本当にそんな雰囲気があるというだけですよ。あおいちゃんのお父さんが市役所にいるというので、どうしたらいいのかを確認しただけですね」

そう言うと、あおいちゃんも頷いた。

「何か、そういう方面での噂話でも、知ってることがありますか？」

さくらさんに訊いた。裏道を歩いてきたこの人ならではの情報網があるのは、わかっている。

「知ってるってわけじゃないよ。ただね」

顔を顰めた。

「あおい」

「はい」

「宇田のお巡りさんは、元気かい」

「元気です」

「もしも、この話に暴力団が絡んでいるようなら、すぐに宇田のお巡りさんに相談した方がいいよ」

暴力団か。

「関係していそうなんですか」

「わからないよ。ただね、何年前かね、二年か三年か、そうだね宇田のお巡りさんが赴任してくる少し前かね。変な話を聞いたんだよ。あたしを使って資金洗浄をしようなんていう輩《やから》がいるかもしれないってね」

「マネーロンダリングですか」

あおいちゃんが驚いた顔をする。さすが漫画家さんか、そういう言葉も知っている。

「そうだよ。それがね、あぁこの話はあんたのお父さんにはまだしない方がいいよ」

「父にですか？」

さくらさんの眼が細くなった。

「市長はまだ交代していないだろう」

「市長さんですか？」

思わずあおいちゃんと顔を見合わせてしまった。

「まさか」

私も顔が歪んだ。

「汚職ですか？　市長が？」

「あくまでも、そんな感触があったっていうだけで確認したわけじゃないよ」

さくらさんが、唇を一度尖《とが》らせてから、何かを思い浮かべたように歪めた。

「あたしの知り合いに、偉いさんがいるのは浜本さんも知ってるだろう」

「それこそ、噂程度ですけどね」

元国会議員だ。それも、大物だ。もちろん確かめる術《すべ》など一介《いっかい》の警察官に過ぎなかった私にはなかったが、そういう話は流れてきていた。

だからこそ、さくらさんは女一人で裏の道で、人助けをやってこられたのだと。

「そういうあたしを利用しようなんていう連中は大勢いるのさ。あたしは裏で金貸しをやっているっていっても、そんな悪どい連中の手助けなんてしたくないからね。こっちに回ってくる前に手を回したけどさ」

あおいちゃんが胸に手を当てた。

「市長さんが、汚職してお金を稼いでいたってことですか？」

「汚職かどうかもわからない。ただ、業者と癒着《ゆちゃく》して小遣い稼ぎを、もっとも小遣いなんて呼べるような額じゃないものを稼いで、その金をきれいにしたいと考えていたらしいね。それであたしを利用しようとしたのさ」

「もちろん、証拠などないんでしょうね」

さくらさんが、もちろん、と頷いた。

「話でしかない。裏に生きる人間の感触だよね。そしてそのときに市長とつるんでいた業者ってのは、暴力団が隠れ蓑《みの》にしていた会社だよ。あんたもよく知ってるよ。雁遁《がんどう》組が裏にいたんだよ」

　雁遁組。

「今でもあいつらは健在なんですか」

　私はもうすっかりわからない。十年一昔なのは暴力団だって同じだ。時が流れればいろいろ変わる。

「どうかね。最近はいろいろあっという間に変わっちまうからね暴力団も。武闘派だったあいつらもどうなったもんだかあたしにはわからないけれど、そのときに聞いた話では、東南アジアの方でいろいろやってるってことだったよ」

「東南アジア、ですか」

　それならば、真っ当な企業のふりをして、外国人労働者の斡旋から搾取までやっている可能性はあるわけだ。

「だからさ、ただの小者ならいいよ。そのカツヤとケイがかかわった女の子たちを使っている男もさ。外国人にも門戸《もんこ》を開いて健全な経営をやっているふりをして苦しめているだけの小悪党なら、証拠を揃えてお上《かみ》に突き出してやればいいだけさ。ただ、そいつの裏に何かの存在があるんだったら」

「そうですね」

　その裏に、汚職をしている市長や暴力団がいるのならば。

あおいちゃんと顔を見合わせた。心配そうな表情を見せた。

それがもしも事実ならば、かかわった彼女のお父さんにまで何かしらの被害が及ぶかもしれない。ましてや、本当に雁遁組ならば、人一人殺すことぐらい簡単にやる。いや、かつてはやっていた。

「彼女たちに確認するのにも、いろいろと注意が必要ですね」

あるいは、さっさと警察に、宇田くんに話を持ち込んだ方がいいのかもしれない。

## 十三　北村紗英　イラストレーター

最初に会ったときから、気にはなっていたんだ。

脇田さんの左手の薬指の跡。明らかに、指輪の跡。左手の薬指にするのは、しかも跡が残るぐらいに長い間している指輪は、どう考えても結婚指輪だと思う。

その跡が残っているの。

訊いてみたいけれども、無邪気な子供じゃあるまいし、結婚してたんですか？　なんて簡単に訊けることじゃない。でも、たぶん四十代だから結婚していたって全然不思議じゃない。

不思議じゃないんだけど、脇田さんは今ここでこうしている。

いったい何があって、脇田さんは今、ここでこんなふうにしているのか。それを訊いてもきっと答えてもらえない。

答えられないんだって気もするんだけど。

「脇田さん」

「はい」

「買い物に付き合ってもらったので、どこかでお茶しませんか？　奢《おご》りますから」

「お茶ですか」

真剣な顔で言うので本当に日本茶を飲むって思われたら困ると思って慌てちゃった。

「もちろん、コーヒーでも、紅茶でも、お好きなものを何でもいいんですけど」

銀座《ぎんざ》。ここからなら少し歩くけれど、あの喫茶店なら煙草も吸える。脇田さんも、あまり吸わないようにしているみたいだけど、喫煙者なのは知ってる。

それに、あまりお金を持っていないのも知ってる。そもそも脇田さん、財布を持っているのを見たことがない。どうやらSuica《スイカ》はiPhoneに入っているみたいだけど。

「いいんですか」

「はい」

「では、ごちそうになります」

「行きましょう。もう少し歩きますけど」

脇田さんの歩き方は、少しおもしろい。何かちょっとつんのめるようにして歩く。そんなに変ってわけじゃないんだけど特徴があって、きっと知り合いなら遠くからでも脇田さんじゃないかってわかると思う。

それに、歩くのにも慣れているっていうか、年の割に健脚。荷物を持たせてけっこう歩かせてしまったけれど、疲れている感じが全然ない。

喫茶店はわりと空《す》いていた。前に来たときには座れなくてちょっと待ってしまったのに、夕方のこの時間は空いているんだろうか。

奥まったところの四人掛けのテーブルに案内された。買い物した荷物を持っていたので気を遣ってくれたのかもしれない。

「私は、ここのケーキセットが好きなんですけど、脇田さん甘いものってどうなんですか」

「甘いものですか」

縦長のメニューを見せると、脇田さんがちょっと首を傾げた。

「いちごのタルト、ですか」

「チーズケーキなんかもありますけれど」

「チーズケーキですか」

会話の中で、私が言ったことを静かな口調でいちいち繰り返すのは癖《くせ》なのか、それとも記憶障害みたいなもののせいなのか。

「好きですか？」

「たぶん、嫌いではないですね」

嫌いではない。きっと食べていた覚えがあるんじゃないのかな。本当に、自分でもわかっていないけど、そんな感じ。

「じゃあ、チーズケーキのセットで」

「あ、いや、いちごのタルトにします」

そっちがいいんですね。

「お願いします」

脇田さんがすぐに手を挙げて、ウエイトレスさんを呼ぶ。そういうところにスマートさが漂う。意識してではなくて自然にやっているんだとしたら、もし会社員だったとしたら、脇田さんはきっと有能な上司で部下にも好かれていたと思う。

してきた仕事は、接客業って感じではない。かといって、何かアーティストとかそんな感じでもない。やっぱり会社員なんだろうけど事務仕事ではない。たとえば営業とか、商社マンとか、そんな感じの人。

長くその仕事を続けていると、仕事の匂いが自然とその人に染みついていくもの。私だってきっと見る人が見れば、イラストレーターみたいな芸術関係の仕事をしている人だなって感じると思う。

「いただきます」

ウエイトレスさんが持ってきたコーヒーといちごのタルトを前にして、小さい声で言って軽く頭を下げた。

そういう礼儀正しいところも、きちんとした生活をしてきた人なんだっていうのがわかる。

「美味しいですね」

「ええ」

男の人で甘いもの好きっていうのは特に珍しくもないだろうし、それで何かがわかるわけじゃない。でも、素直な笑顔からは絶対に悪い人じゃないって思えてくる。

「脇田さん」

「はい」

訊いてみたい。

この人が、本当はどういう人なのかを知りたい。

「お互いに何も知らない方がいいのかも、ですけど」

そう言うと、少し背筋を伸ばして私を見た。

「私は、杉山史郎《すぎやましろう》という人についてきて、あのマンションに住んでいます。脇田さんも、杉山史郎の知り合いなんでしょうか」

ほんの少し、その瞳の奥で何かが揺らいだような気がした。

「そうです」

ただこれは、あたりまえのこと。あのマンションを買ったのは本当は私じゃなくて、杉山史郎なんだから。名義は私になっているけれど、そして不動産屋と会っていたのは私だけだったけど、お金を出したのは、あの人なんだから。

脇田さんはそのマンションの部屋の鍵を持っていたんだから、あの人と知り合いなのはあたりまえ。

「どういう知り合いだったんですか？」

訊いて、自分のことを言わないのはフェアじゃないだろうから。

「私は」

大きな声では言えないから、少し身体を前に倒して、テーブルに覆《おお》いかぶさるようにして小声で言った。幸い、隣りにも後ろにもお客さんはいない。

「あの人の」

どの表現が適当なのか自分でもわからなかったから、無難なものを選んだ。

「恋人でした」

妻ではなかったし、あの人は独身だったから愛人でもないし。結婚の約束をしたわけでもないから、婚約者でもない。

恋人だった、と言うしかないと思う。

脇田さんは、小さく頷いた。

「そう言ってましたね」

「聞いていたんですか？」

「それだけ、です。失礼な言い方になりますが、女を住まわせる、と。名義も何もかもその女のものなんだと言っていました」

そこで、コーヒーカップを手にして一口飲んでから、脇田さんは続けた。

「それしか、聞いていません。あとは、名前と年齢と職業と」

私の年は知っていたんだ。何となく恥ずかしい。脇田さんは、小さく息を吐いてから続けた。

「彼が、死んでしまったのは、驚きでした」

頷くしかなかった。本当に、突然の死。

それも、たとえばヤクザの抗争みたいなもので殺されたというのならまだ納得というか、頷けたのかもしれないけれど。

あの人は、子供を助けて死んでしまった。見ず知らずの子供が道路に飛び出して、車に轢《ひ》かれそうになったのを助けて、頭を打った。そのときは何もなかったかのようにすぐに歩いて立ち去ったらしいのだけど、後から意識を失い、病院に運ばれたときにはもう死んでいたって聞かされた。

驚いて、でも、あの人らしいのかもとも思った。

暴力団員だったけど、ヤクザだったけど、子供好きの人だった。本当に子供には優しかった。ただ道ですれ違うだけの園児や小学生でも、見かけると笑みを浮かべていた。ベビーカーの中の赤ちゃんに手を振っていた。

そういう人だったから、私も好きになっていたのかもしれない。

「私は」

脇田さんが言う。

「彼とは友人でした。ただ」

「ただ？」

「彼は、私のことを〈先輩〉と呼びました」

先輩？

「脇田先輩、と」

「何の先輩ですか？　学校のですか？」

すっ、と、脇田さんの意識が離れていくのがわかった。意識というか、考えることから逃げるみたいな感覚。

「たぶん、そうです。学校の、大学の先輩なのでしょう」

そうだ、あの人は大学を中退していた。暴力団員のくせに、っていう言い方も偏見になっちゃうんだろうけど、そう話していた。

俺はけっこう頭はいいんだぜって。

だから脇田さんが大学の先輩でもおかしくはない。

そうすると、あの人は四十四歳で死んだんだから、脇田さんが同じ時期に学校に行っていたとするなら、ひとつか二つか三つ上。

予想通り、脇田さんはまだ四十代だ。

「町で、声を掛けてきました。〈脇田先輩!〉と。最初は心配そうに、そして笑顔になって〈無事だったんですね!〉と」

無事だったんですね?

それは何かあった状況で掛ける言葉だと思うけど。

そうか。

あの人は、震災のあった町に行っていたって話していたことがある。じゃあ、ひょっとしたら脇田さんは被災者なの?

「たぶん、っていうのは、覚えていないってことですか？　すみません、答えたくないのかもしれませんけれど」

脇田さんは、下を向いて小さく息を吐いた。

「わから、ないんです」

「何がでしょうか」

眼を閉じて、何度か頭を横に小さく振った。

「自分がどうしているのか、何をしているのか、どうしたいのか」

「いいです。無理しないで。ごめんなさい」

「いいえ」

顔を上げて私を見た。

うん、瞳の中に狂気みたいなものはない。ちゃんとした人の眼。

私はあの人と、杉山史郎と一緒にいて、たくさんのヤクザな世界にいる人たちと会ってきて、そういうものがわかるようになってしまった。その人の中に宿る狂気みたいなもの。あの部屋にやってくるたぶん暴力団員の人には共通点がある。瞳の中にそういうものが見える。

わかってしまうことがいいことなんだか悪いことなんだかは、自分でもわからないけれど。

「頭の中に霞《かすみ》がかかっているみたいなんです」

「霞、ですか」

はい、って辛そうな顔をして頷いた。

「霞、ガス、もや、そんな感じのもの。あるいは、レースのカーテン。それを払えば、何もかもはっきりするのに、振り払おうとすると怖くなるんです。自分で自分がどうなるかわからなくて」

「記憶が、ぼんやりしているということですか?」

大きく息を吐いて、それから頭を横に振った。

「ぼんやりさせているのは、たぶん自分なんです。それはわかっているんです。わかっているのに、きっと、心の底で、奥で、はっきりさせるのを拒否している」

悲しい眼をしている。

脇田さんは、何か悲しい経験をしたんだ。頭の中の霞を振り払うことは、その悲しみを思い出すことに繋がるんだ。

「結婚していたとかは、思い出せます?」

ぶるっ、と震えるみたいに脇田さんは動いた。

「たぶん、思い出せません」

「でも、していたんですね?」

捨てられた子犬のような眼をして、脇田さんは私を見た。

「たぶん、していたんでしょう」

そうすると、脇田さんは今はその奥さんと離婚したのか、死別したのかってことになるんだと思う。

あるいは、失踪《しっそう》？

脇田さんは、手にしたフォークでタルトを食べた。食べて、すっ、と立ち上がった。

「すみません」

「え？」

「ごちそうさまでした」

そのまま席を立って歩き出した。

「あ、待ってください」

## 十四　楢島あおい　マンガ家

集中力が切れるって瞬間はコマの切れ間によく訪れるんだ。つまり、そのコマを描いて次のコマに移るとき。

ペン先を紙の上に置こうとしたときに、あぁダメだって思う。このまま描いたらこの主人公の顎《あご》のラインはゼッタイにいい線にならないってわかってしまったときに、プツ、って切れる。

きっともっとスゴイ人やベテランになるとその切れた糸をもう一度繋ぎ直してすぐに下書きの上から最高の線を、あるいは下書きなしでスッ、と描いていけるんだろうけど。そもそも集中力が切れるなんてことは言わないんだろうけど。

「ダメだなー」

私はダメだ。

そもそもいい線にならない、なんて思うことがダメなんだ。いい線にならない、じゃなくて、いい線にするんだ。

それができないとプロじゃないんだと思う。デビューして先生なんて呼ばれるけれども、私はまだまだプロじゃない。本物じゃない。

「うん」

椅子に座ったまま伸《の》びをする。時計は、まだ夕方。午後四時。

「休憩」

プロじゃない私には、時間っていう猶予《ゆうよ》が与えられている。デビュー前から書き溜《た》めておいた原稿はまだ五回分あるから、自分の納得できるものが描けるまで時間を掛けることはできるんだ。アシスタントさんもいないから、一日のうちでいつ描いても休んでもいい。

ちょっと散歩してこよう。

「お母さん、ちょっと散歩してくる」

玄関でそう言ったら、あら、ってお母さんの声が聞こえて、居間の扉が開いた。

「どこまで行くの？」

「テキトーだけど。あ、本屋までは行くかも。何か買ってくる？」

「どこかのコンビニでゴミ袋を買ってきてくれる？　45リットルの」

「わかった」

「お金ある？」

あるある。いくら散歩でも財布とiPhoneは持って出る。あとはカメラと。

「行ってきまーす」

晴れてはいないけど、薄曇《うすぐも》り。ちょうどいい。ゴミ袋は帰りに買えばいいから、お寺まで行こうかな。東楽観寺は気持ちが良い場所。小さい頃からずっと好きだった。

巡さんのところを覗《のぞ》いて、何もなかったらちょっとだけお話しして。行成さんが境内にいたら、挨拶して。

何にもない町だって言う人もいるけど、私は好きだ。自分の生まれた町。奈々川市坂見町。元々が門前町って歴史もあって、町のところどころに江戸時代からのものが残されていたりするのも好き。ああいう歴史的なものはずっとちゃんと保存しておいてほしい。

お寺ってどうしてこんなに木があるんだろうっていつも思う。

どこの町のお寺に行っても大きな木があって、それこそ神社じゃないけどご神木《しんぼく》みたいな感じのものもあって。

やっぱり歴史があるからなんだろうな。昔からそのままの姿で残されているから、周りの木もそのまま育っていく。そもそも土に栄養がある土地に建てられたりするんだろうな。

仏様や神様のいるところなんだから。

巡さんはいなかった。パトロールかな。自転車であちこち回るのはけっこう体力を使うんだって言っていた。そもそもが制服警察官って装備がけっこう重い。なんだかんだで四キロとか五キロとかになっているって。男性でも女性でも変わらないっていうから、女性警察官は本当に大変だなーって思う。

暑くなくて、気持ちよい風が吹いているからこのまま駅前の本屋さんまで行こうかなって思っていたとき。

駅から出てくる二人連れに、眼が留まった。

あの人は。

間違いない。

脇田さんだ。

似顔絵を描いた、脇田さん。

お父さんの、同級生。震災に遭ってその後行方不明になっていたのに、この町で見かけたっていう人。

走り出そうとした足が、止まった。

脇田さんは、女の人と一緒にいる。荷物を持っていて明らかに買い物帰りみたいな感じ。

女の人は、スタイルのいい人だ。雰囲気になんだか親近感を覚える。普通のＯＬさんとかそういう人じゃないと思う。たぶん、私と同じような仕事をしている人じゃないかな。

そう、美術系だ。たぶんそうだ。だって手に提げている袋は画材屋さんのものだ。間違いないと思う。画家さんか、イラストレーターさんか。そういう職業の女性。

お父さんは、脇田さんは奥さんも子供も震災で亡くしてしまったって言っていた。じゃああの女性は新しい奥さんか、恋人なんだろうか。

それにしては。

(雰囲気が、違う)

あの二人の間に流れている空気は、恋人同士とか夫婦とかそういうものじゃない。知り合いなのは間違いないだろうけど。

女の人がふいに頭を動かして、こっちを見そうになったので慌てて隠れた。ダメだ。見ていたらダメだ。

あの女の人は、カンの鋭い人だ。自分に向けられた視線や、自分を見ている目線に敏感な人。観察力の鋭い人にはそういう人が多いんだ。特に絵を描く人にはそういう人が多い。私もそうなんだ。

尾行は、ダメだ。きっとあの人には気づかれてしまう。

(どこか、遠くから視界に入るような場所)

歩道橋だ。

すぐそこに歩道橋がある。あの上からならしばらくの間は視界にあの二人を置いて、遠くを見ているように観察できると思う。カメラを構えていれば、写真を撮っているようにも見える。

少し俯《うつむ》き加減に歩いていた女の人が、何かに気づいたように顔を上げた。前から歩いてきた人に声を掛けられたんだ。

(あの人!)

脇田さんも、立ち止まった。三人で何か話した。

あの若い男の子は、私がメモを掏り取った男の子。

(知り合い？)

走った。

何かが、ある、って感じてしまった。

あの三人の間には、何か不穏な空気が流れている。何よりもあのオレオレ詐欺をしていたかもしれない男の子と知り合いっていうのは。

気づかれないように小走りに歩道橋の階段を駆け上がった。カメラをジーンズのポケットから出して、階段を上がったところですぐにカメラを向けた。まだ三人はそこにいる。

何か話している。

でも、やっぱりカメラで撮っても遠い。

「あれ？」

後ろから声がした。

「あおいちゃん」

「あ」

カツヤくん。ケイくんも。

この二人は本当にいっつも一緒にいるんだ。どっちか一人でいるところはまだ見たことない。

「何撮ってる？　資料写真？」

カツヤくんがニコニコしながら訊いた。

ケイくんは大きなキャリーバッグを転がしている。ひょっとしたら。

「ケイくん、その中にはドローンが入っている？」

ケイくんがちょっと眼を大きくさせて、こくん、って頷いた。カツヤくんが私の様子に気づいたのかもしれない。

すぐに真剣な表情になった。

「入ってるぜ。何かあったか？」

「カメラ付きだよね？」

「付いてる」

「今、ここで飛ばしたら怒られるかな？　町中でドローンを飛ばせるところって決まっているんだよね、法律で？」

「この場所、ってこと？」

ケイくんが訊いてきた。

早く説明した方がいい。あの三人が移動して見えなくなっちゃう。

「あそこに三人いるでしょ？　大人のカップルと、若い男の子」

カツヤくんとケイくんが私の指差した方を見て、頷いた。

「あの三人、もしくはカップルを尾行したいんだけど、尾いて歩いたらきっとすぐにバレちゃうと思うの。ドローンなら、上から撮影して、あの三人がどこへ行くか突き止められるかなって」

早口で言ったら、カツヤくんがすぐに頷いた。同時にケイくんがキャリーバッグを倒してものすごい素早い動きで開いた。

中に、白いドローン。

「任せとけ」

「大丈夫？　逮捕されない？」

もしも見つかったら巡さんに思いっきり怒られる。

「このドローンは無音式だ。ほんの二秒でローターの回転音は聞こえなくなる。空まで上がればこの色はほとんど目立たない。今日はおあつらえ向きに薄曇りだから完璧だ。ケイ、飛ばしたら下りていけ。そこの公園の林の中に隠れればドローンを操縦していることにも気づかれない」

「オッケー」

すぐに、ドローンのプロペラが回り出して、空気が動いた。

音がしたと思ったら、本当にすぐに聞こえなくなって、あっという間にドローンは空高く舞い上がっていって、ケイくんは走って歩道橋の階段を下りていった。

「大丈夫？」

「任せとけ。ドローンが見えなくなっても、ケイはモニターでちゃんと操縦できるから。そもそもあいつはモニター見なくたってドローンを自由自在に操る」

まったく心配ない、ってカツヤくんが頷きながら、もうキャリーケースを片づけていた。

「俺らも下りるぜ」

「うん」

急いで階段を下りた。ケイくんはもう歩道脇の公園にある林の中に立っている。ただ立って、スマホでも見ているようにしか見えない。

脇田さんと、あの女の人と、男の子は移動していた。もうすぐ見えなくなる。

「どうだ？」

ケイくんの立つ木の下まで走って、カツヤくんが訊いた。

「捉《とら》えてるよ。大丈夫」

操縦するリモコンに付属したモニターを見ながら、ケイくんが言った。

「ほら」

「わ」

　本当にはっきり映っている。まるで、歩く三人の頭のすぐ上にドローンが飛んでいるみたい。

「ドローンは、どこ？」

　思わず空を見上げたけど、林の中からだから枝しか見えない。

「ずっと上だ。もう三十メートルも上」

　三十メートル。そんな上からこんなふうに撮れるんだ。

「相当上を見上げなきゃ見えないから大丈夫」

「見てな。ずっと付いていくから」

　ケイくんが言うので、見るとモニターにはもう一つの映像が映っている。真下を撮っている映像と、前方のを撮っている映像。

「これは、別のカメラ？」

「そう」

　カツヤくんが頷いた。

「あのドローンには合計四つのカメラが付いている」

「四つも⁉」

　当然、って顔をカツヤくんもケイくんもした。

「上下と前後、もしくは左右だな。ほぼ三百六十度、円球状にフルカバーできるようになっても、たまたま今日持っていたのがそうなんだけど。全部がそうなっているわけじゃないよ」

スゴイ。

ドローンってそんなにスゴイものだったんだ。

「ところで」

カツヤくんがモニターを見ながら言った。

「こいつら、誰？」

「ええっとね」

説明するのが難しい。

「まず、男の人はね、ひょっとしたら、行方不明になっていた私のお父さんの大学時代の友達で、親友」

「親友？」

「行方不明？」

二人で同時に言った。

「細かい事情は後でね。女の人は、誰だかわからないけど、その男の人と一緒に住んでいるのかも。男の子は、ひょっとしたらオレオレ詐欺の受け子をしていた悪い子だと思うんだ」

オレオレ詐欺、ってカツヤくんが繰り返した。

「どんな組み合わせの三人なんだよ」

「それがわからないから、こっそり確かめたいの」

三人はゆっくり歩いている。

「お」

ケイくんが声を上げた。男の子が離れていった。

「どうする？　どっちを追う？」

「カップル」

「オッケー」

大丈夫、ってケイくんが言った。

「別のカメラで追えるところまで、男も追う」

「ありがとう」

本当だ。別のカメラがちゃんと男の子の姿も捉えている。あ、ひょっとしたら向こうのコンビニに行くのに離れたのかも。

「そこのマンションじゃないか？」

カツヤくんが言った。別のカメラに大きなマンション。

あのマンションは。

# 十五　鈴木勝也《すずきかつや》　映像作家

空間認識力ってやつ。

たぶん、いちばんわかりやすい言葉を使うとそれだと思う。ラジコンを操るのがめっちゃ巧《うま》い奴ってのはそれが普通の人とは圧倒的に違うんだ。

地面を走る車のラジコンなら、まぁ普通の人でもある程度対応できる。そんなに特別な感覚は必要ないのさ。でも、空を飛ぶラジコンは普通の人には難しいし、特にドローンはまったく別の感覚が必要だ。頭の中に、文字通り３Ｄのスペースが本質的に存在しないと巧く操縦できない。

カメラを搭載《とうさい》して、視界に捉えられる範囲でゆっくり動かすだけならある程度練習や訓練をしたら誰にでもできるけれど、視界から消えたドローンをディスプレイを見るだけで操縦するのは、めっちゃムズイ。

ムズイってか、普通の人間にはムリ。

特殊なセンサーとかＧＰＳ機能とかを付けてるならまぁちょっと話が別だけど、そうじゃなきゃほとんど超能力みたいな3Dの世界の空間認識力が必要。

何せ、ディスプレイにはドローンが捉えている画像しかないんだ。ゲームなら画面にブラウザやコマンドとかいろんなものが出てくれるけど、現実にはそんなものは出てこない。ディスプレイが捉えているカメラ画像を頭の中で完璧な現実世界のリアル3Dに作り変えなきゃならない。そういう感覚がないと操縦できない。

ケイはその感覚を持ってる。

一緒にドローン開発して、いろんな仕事で撮影してきてたくさんのドローンパイロットに会ってきたけど、ケイと同じ感覚を持ってる奴はかなり少ないってわかったよ。ドローンのスピードレースはまたちょっと違うものなんだけど、あれはゲームに強い人間なら感覚的に捉えられる。

「イケるだろ？」

ケイに訊いたら頷いた。

「全然オッケー」

「録画もしてるよ」

あおいちゃんが頷いた。

若いにいちゃんはコンビニに入っていった。やっぱりコンビニに入るのに離れたのか。

おっさんとねえちゃんは、マンションに向かっていってる。

「どうする？　ってかマンションの中には入っていけないけどさ」

「入るのを確認してくれたら、それだけでいい」

「オッケー」

でもそれだけじゃつまんないよな。

もうひとつのリモコンでカメラだけ動かすことができる。ああいうマンションなら間違いなく暗証番号じゃなきゃ共通玄関のドアが開かないだろ。

「ケイ、マンションの玄関、望遠で暗証番号押すところ撮れる位置に行けるか？」

「ちょっとやってみる」

あおいちゃんがびっくりした顔をした。ドローンがゆっくりと位置を変える。

「あのにいちゃんも帰ってきたぞ。気づかれるなよ」

「大丈夫。全然視界には入っていない」

そうはいっても、人間っておかしいっていうか不思議なんだ。全然視界に入っていないはずなのに、そして音も聞こえないはずなのに何かの気配を感じてそっちを見ちゃうってこともある。

そこがドローンの改良すべき点なんだけどな。

「あ、やっぱり」

二人がマンションの入口に入っていった。ドローンはけっこう遠くから玄関先を狙っているけど、ギリギリだな。ダメか。

「もうギリ」

ケイが言う。

「これ以上低く飛ぶとトラックとかの視界に入る」

「そうだな」

でも、二人がマンションの入口で暗証番号を打ち込む手元は何とか撮れた。

「はっきり見えなくても指の動きで番号を特定することはあとからできるから」

「できるんだ」

あおいちゃんが言う。

「できるさ。簡単だ」

「簡単なのね」

一度パソコンに取り入れた映像ならどんなものでも解析はできる。

「コンピュータってのは本来、解析とか計算をするために作られたものなんだからさ。いちばんの得意分野だよ」

「若いのも入っていく」

「撮っておけ。撮ったらすぐ戻ろう」

「先に入った二人の部屋でも探るか？　外から窓を狙って撮って」

ルイが言うけど。

「それはムリだ。窓から見られて通報されたら厄介《やっかい》だから」

「たね」

あおいちゃんも頷いていた。

「法的にまずいことはなるべくしないで」

だよね。

「宇田さんがヤバいもんね」

こっくりあおいちゃんが頷く。ただでさえあおいちゃんは掏摸の天才で、そんな子がお巡りさんと恋人同士なんだからさ。

「戻す。回収するよ」

「オッケー」

林の中から出る。公園にドローンが降りてきても、すぐに回収すれば通報はされない。されてもお巡りさんが来るのは少し後だし。

降りてきたドローンを急いでケースの中に入れる。

「バッテリー、ギリだったな」

「うん」

「よし、あおいちゃん。素知《そし》らぬ顔で歩くよ」

「わかった」

三人で歩き出す。大丈夫。公園の中に人はいなかったし、ドローンに気づいた人もたぶんいない。

「これで光学迷彩とかできたら完璧なんだけどな。あのまま窓に近づいて、どこの部屋に入って何をしてるのかも撮れるのに」

「そんなことできるの？」

あおいちゃんがまたびっくりした顔をした。

「理論的にはもうできる」

「そうなの？」

「物体が見えるってのは、光が当たっているから見えるんだよね。その理屈はわかる？」

訊いたらあおいちゃんは頷いた。

「光が当たって、それが視神経を伝わって脳が見えるって判断しているのよね。だから暗闇では何にも見えなくなる」

その通り。

「つまり、光が当たったときにその光を迂回《うかい》させたり透過させたりしてやれば、視神経は光の情報を脳に送れない。つまり、透明になってるのと同じことになるんだ」

あぁ！　って口を開けてあおいちゃんが納得した顔をする。理解が早いよね。前から思っていたけどマンガ家さんっていろんな知識を持ってるから、頭が良いんだよやっぱり。学校の成績とかじゃなくてさ。

「それは、二人で造れるものなの？」

「イヤ、ムリ」

笑っちゃった。

「とんでもなく費用も研究設備も掛かるからね。国家予算でやるようなお金が掛かる研究だからさ」

「だよね」

でも、いつかそんなものも民間でできるようになると思う。オレらがもう少し年を取ったらさ。

そんな技術が可能になったときに、このドローンみたいな技術がどんなふうに使われるのかが問題になると思うけどさ。

「あおいちゃんはこれからどうするの」

「あ、ゴミ袋をどこかで買って帰るだけ。気分転換で散歩に出ただけなの」

「それで、こんな感じで遭遇《そうぐう》しちゃったのか」

そう、ってあおいちゃんがちょっと顔を顰めて頷いた。まだ全然詳しい事情がわかんないけど、あおいちゃんは間違ったことなんかしないもんな。やってることはきっと正しいことだ。誰かを助けようとしてるんだろう。

「どうする？　オレらはもう仕事終わったから、このまま家へ帰って撮ったビデオを確認して解析してもいいんだけど」

どうしようかなって小声で呟いた。

「ケイくん、あの女の子から詳しい話は聞けたの？　お父さんに相談しようかなって言っていた件」

ケイが少し首を横に振ったので、オレが言う。

「いや、まだ。ＬＩＮＥではちょっと話したけど、彼女たちも日本語がそんなに上手《じょうず》なわけじゃないからさ。ベトナム語の通訳とかがいてくれたらいいんだけど」

「ベトナム語かー」

そうなんだ。簡単な日本語はできるから日常での意思疎通は可能だけど、ちょっとでもムズカシイ言葉になるとわからなくなる。ものすごく時間が掛かったりする。

「そもそもＬＩＮＥで会話するのも簡単な英語だからさ。日本語は打てないから」

「英語はわかるの？」

「それも簡単なものしかわからない。もちろんオレらも中学で習った程度の英単語しか知らないからさ」

実は英語の勉強はしてる。オレらの仕事は日本だけじゃなくて世界でできる仕事なんだ。ゼッタイに英語できないと困るからさ。困るって言うか必須だと思う。日本国内だけでやってたら未来は見えないから。

「じゃあ、まだお父さんのところに相談に行ってないんだよね」

「行けないなー。とにかくちょっとヤバいってだけじゃ。市役所が捜査をしてくれるわけじゃないだろうからさ」

「そうだね」

もちろん市役所にそんなことは求めてない。そもそも市役所の職員に捜査権なんかないしさ。

あおいちゃんが、何かを考えている。

「その解析って、明日の昼までに無理しないでできるものかな。明日はお仕事ないの？」

「できるぜ」

そして明日は特に現場の仕事はない。

「編集作業が入ってるけど、それはスケジュールに余裕があるからいいよ」

「あのね、明日は巡さん非番なの」

非番か。ってことは、今日これから一晩中仕事して明日の朝になったら交代ってことだ。それは宇田さんと知り合いになってから知った。警察官は本当に大変な仕事だってわかるよ。

「明日の午後にお昼ご飯を一緒に食べるんだ。私が巡さんのところでご飯作るから、そのときまでに解析して持ってきて見られるかな？　一緒にお昼ご飯も食べられるなら食べよう？　たくさん作るから」

ケイと顔を見合わせたら、いいよって眼で言ってきた。

「ってことは、ランちゃんの話もしてみるってこと？」

「そう。たぶんまだ何にもわかってないんだろうけど、一応してみた方がいいと思う。っていうのを、さくらさんも言っていたの」

「さくらさんが？」

きっと浜本さんが話したんだな。

「なんかヤバいことがあるって？」

さくらさんがそう言うってことはきっとそうなんだろうけど。あおいちゃんが小さく首を横に振った。

「まだ決まったわけじゃないし、さくらさんが昔に聞いた噂話だけ。さくらさんは、何かが起こる前に宇田さんに相談した方がいいって」

そういうことか。

さくらさんが噂に聞くってことは、裏の方の人間が、コワイ連中が絡んでいるかもってことだよな。

「まぁどっちみちあっちの方の儲《もう》け話にはヤクザ屋さんがいるかもしれないってことだよな。オッケー。明日までにもっと詳しく聞けるものなら聞いておくよ。な？」

言ったら、ケイも頷いていた。

＊

家に戻ったら浜本のオヤジさんは外出していた。

〈散歩してくる〉

きれいな文字で置き手紙。ケータイも持ってるのに置き手紙を書くってのは、昭和のおじいちゃんだよねぇ。

「散歩中」

言ったら、ケイが頷いた。

「オレ、ちょっと様子見てきていいかな。写真も撮ってくるから」

「ランちゃんのところか？」

「そう。部屋の様子とかも」

「撮れるのか？」

大丈夫、って頷いた。

「鍵を貸してもらうから」

「そっか」

「編集、まかせていいよね？」

「いいぜ。オレ一人でできるから。ヤバいことにならないように慎重にな」

ケイが軽く手を挙げて部屋を出ていった。いつの間に鍵まで預かれるぐらいに仲良くなったもんだか。

「さて」

さっき撮ったやつだ。ドローンのカメラからデータをMacに移す。それから画像編集ソフトで開いて、そこに映っている皆さんの顔をきちんとわかるようにする。

「映ってるね」

ケイの操縦するドローンはゼッタイにポイントを外さない。

中年のおじさん。あおいちゃんのお父さんの親友とか言ってたな。行方不明だったのにこの町で見つけたかもしれないって。

「いい男じゃん」

渋い中年の男って感じだ。明らかに伸ばしっぱなしって感じの髪の毛が余計にラフな感じでいいじゃん。若い頃からモテたんだろうな。そして今もモテるんじゃないか、オヤジ萌《も》えする若い女の子に。

はっきり正面から撮った映像から静止画で写真にしておく。皆で話すんならプリントアウトもしておくか。

若い女。若いってもオレらから見たらもうオバサンっぽいけど。これは謎の女ってか。持ってる袋は画材屋じゃん。

「あおいちゃんと同じか？」

絵描きさんなのかもな。雰囲気もそんな感じだ。二十代後半ってとこかな。気立ては良いくせに男運がないって顔してるよな。何となくだけどさ。おふくろに似てるような気がする。真正面からは撮れなかったけれど、しっかり顔がわかる映像があったから、これもキャプチャーで写真にしておく。

オレオレ詐欺の仲間かもっていう若いのは、オレらとほとんど同じだよな。もう少し上か。そんなに悪そうでもないんだけどな。でも、意志が弱そうかな。髪の毛を黒くしてるけど、これ染めてるよな。前は金髪にでもしてたんじゃないか。はい、こいつも正面からの顔を写真に。

対比物が映っているから、それから身長も割り出すことができる。

中年男はおおよそ一七八から一八〇センチぐらい。わりと大きいよな。体重は推定でしかないけど身体の太さからしたら六十五キロぐらいか。太っちゃいない。むしろ細身だ。

若い女は、身長は一五八から一六〇センチぐらいかな。そして体重は五十キロってところか。彼女も太ってない。むしろナイスバディかも。

若い男は、瘦《や》せてるよな。身長は一七五ぐらいか。そして下手したら五十キロないんじゃないかってぐらいに細い。まるで身体に合っていないスーツのパンツは二回りぐらいでかいサイズじゃないのか。

「さーて」

暗証番号だ。どんな番号で開けるか覗かせてもらうぜ。映っている入口の映像から、オートロックのシステムがどこのメーカーのものかを割り出す。

「これか」

大手メーカーのものだな。これなら比較できる画像はどこにでもある。最近のこういうマンションの入口のものは、どんな人にも押しやすいようにパネル全体が大きめに造ってあるんだ。

「それが、実はネックになっているんだよね」

小さいサイズなら当然指の動きも小さくなるから、映像の解析でもどのボタンを押したかは推定しかできない。でも、大きいサイズならそれだけはっきりと指だけじゃなくて手首ごと動く。

そうなると、どの番号のボタンを押したかが、わかるんだ。

「これなら３Ｄモデル造るまでもないかな」

完璧を期すなら実際にモデル造っちゃって映像の動きとリンクさせて完全にどのボタンを押したかをモデリングで解析できるんだけど。

意外にはっきり動きがわかるから、単純に同形パネルに映像の女性の動きをリンクさせるだけで、わかる。

「1802の5901」

あのマンションは確か十八階建てだったよな。

十八階の二号室で、暗証番号は5901ってことだ。

「ということは」

完璧だね。これでいつでもあの部屋までは誰にも邪魔されずに真っ直ぐ行けるわけだ。

行かないけどさ。

## 十六　池田啓吾《いけだけいご》　エンジニア　ドローンパイロット

無口なのは、喋《しゃべ》りたくないわけじゃない。

そこで喋らなくても全然問題ないから喋らないだけで、必要があればちゃんとしっかり話す。

でも、そのうちに、テレパシーみたいなもので会話ができればいいのになって思うこともある。

発声器官って、声を出すことって、なんか美しくない気がするんだ。何となくそんな気がするだけで理由も根拠も何にもないんだけど。

きっと僕の耳は敏感すぎるんだ。

耳がすごく良いってわけじゃなくて、なんか、音を捉えることそのものが感覚として刺激的過ぎて情報量があり過ぎて苦手みたいな感じ。それじゃあ耳がある意味がないじゃんって思うけどさ。しょうがない。そう思っちゃうんだから。

音を消したい、って小さい頃から思っていた。

それは、まだ団地に来る前、小さい頃に住んでいた線路沿いのボロボロのアパートの影響かもしれない。電車が通る度に建物が揺れるその音や、電車の音。そしてときどきやってくる男とおふくろのセックスの声や、怒鳴《どな》り合うケンカの声。

そういう音は、全部消えてなくなればいいのになって思っていたんだ。

だから無口になったっていうのは全然関係ないような気がするけどね。でもちょっとは関係しているような気もする。

ドローンの無音化にこだわったのも、きっとそのせいなんだ。

世の中の必要ない音を全部消したくなってくる。

そのうちにモーターの回転音も全部消したい。電車の音だってきっと消せるはずだ。飛行機の音だってそうだ。

そういう仕事がしてみたいって、思うよ。そんなことばっかりもやってられないんだろうけど。

反対に、心地よい音は増幅したいって思う。

泰造さんの作る音は、音楽は良いよね。

ああいうのはどんどん増幅したい。泰造さんのライブのために特製のアンプやスピーカーも造ってみたいって思っているんだ。それがもしも好評だったら全然仕事になるしね。

ひょっとしたら、ドローン操縦しているよりもお金になるかもしれない。

あと、宇田のお巡りさんの声も良い。

副住職さんの声も。

あの二人の会話を黙って聞いていると、自分の気持ちがどんどん静かになっていってそのまま永遠の眠りについていきそうになるんだ。

それぐらい、気持ちが良い。

宇田さんも副住職さんも気づいていないだろうけど、あの二人がよく会話するのは、お互いに喋るのは、そのせいもあると思うよ。自分たちの会話そのものが心地よいんだよ。

けど。

だから、よく二人で喋っているんだ。もちろん気が合う友達っていうのが大きいんだろう
さくらさんの声も良い。浜本のオヤジさんの声も。皆、ちゃんと喋る。そして、良い声をしている。良い声ってのは声優みたいとか俳優みたいいってことじゃない。ちゃんとした声なんだ。無口だからって、お喋りな人がキライなわけじゃないから。

自分の周りにいるのは、皆良い声の人でいてほしいってつくづく思う。

もちろん、カツヤの声は良い。

すごく良い。

ずっとこのまま一生カツヤの隣りにいたいって思ってる。そういう意味じゃなくてさ。

そしてそんなことは一度も言ったことないけどさ。

ずっとこのまま死ぬまで二人で仕事をしていきたい。


ランちゃんたちの仕事は、縫製だ。服を作っている。日本のブランドの服だ。ブランドメーカーがあって、そこから仕事が縫製専門の会社に発注されて、そこで服を縫《ぬ》っている。メイド・イン・ジャパンってなってるけど実際に縫っているのは外国人ってなんかおかしいって思わないんだろうか。まぁ確かに日本で作っているのは間違いないんだろうけどさ。

アジア系の外国人を研修って名目で呼んできて従業員として使うのは、単純に賃金が安いからなんだろうなって思う。日本人を雇うより安いんだ。いやそもそも日本人でそういう仕事をする人がいなくて、そして賃金も高いんだ。そうすると下請けとしては、その仕事を受けられなくなっちゃう。

そもそも最初のブランドメーカーが悪いんだと思うよ。

諸悪の根源。

売値がやたら安い服を作るから、縫製のところで安上がりにしなきゃならなくて、そして働く人たちの賃金も安くしなきゃならないんだ。そう言うなら諸悪の根源は何でも安けりゃいいって思ってるような消費者って連中なんだろうと思うけど。

結局バカが多くて困ってるのか。

そんなの僕が言ってもしょうがないんだろうけどさ。

世の中の仕組みって、どこかが間違っていると思う。

正しい社会の仕組みなんて、そんなのはないんだろうなって思う。

きっと人類が死に絶《た》えるまで誰にとっても正しい社会の仕組みなんか見つからないんだよ。

だって、真面目に一生懸命一ヶ月働いて貰《もら》う給料を、くだらないギャグとか言ってる芸能人が何時間かで稼ぐんだよ。

おかしいよね。どう考えてもおかしいのに、そういうふうになっちゃってる。だからって、どんな仕事をしても全員同じ給料っていうのも確かにおかしい。不公平だって思われてもしょうがない。

だから、誰にとっても正しい仕組みなんか、ない。

いちばん正しいのは、自然の、野生の動物たちの弱肉強食っていう生態系。それだけが唯一正しいんだってどっかの誰かが言ってた。

人間っていう動物はそこの仕組みから外れちゃったから、もうどうしようもなくなっているんだ。

はぐれ者なんだってさ。

人間という名前の動物は。

だから、人間という動物は滅亡するまでこの間違った仕組みの中で生きていかなきゃならない。不公平はなくならないんだってさ。

何となくわかるような気がするよね。

ランちゃんの部屋の鍵は、実は合い鍵を預かっているんだ。

前に会って話したときに、合い鍵を作ったんだって渡してくれた。何だかおかしなことに、ヤバいことになりそうだから、助けてほしいって言ってきて、そしていつでも入れるようにって。

つまり、僕が助けに行けるように。

それは恋人でもないのに深入りしすぎだろうってカツヤに言われるだろうから黙っていたんだけど。ランちゃんは僕を信頼してくれているんだ。頼りになる人って思っているんだ。この異国の地で、頼れる人が誰もいないところで。

二階建ての古いアパートの一階の角。

ゼッタイに家賃は安いよなって感じのアパートの一部屋。そこがランちゃんたちが六人で暮らしている部屋。

台所と繋がった居間ともう一部屋しかないのに、女の子六人で暮らしているって、環境悪過ぎだろう。

「ひどいな」

六人分の荷物が、ごちゃごちゃしている。布団《ふとん》はただ畳んで積んであるだけだ。そもそも六人分の布団を入れる押し入れもないんだ。押し入れはきっと服とかが入っているプラスチックの衣裳ケースだけで一杯になっている。

カラフルなキャリーバッグもそのまま壁際に置いてある。きっとあの中にそれぞれの荷物を入れっぱなしなんだ。どこにも片づけるところなんかないから。

台所は、さすがに女の子だけだからきちんときれいになっているけど、それでも食器とかで一杯になってる。

ガス台はものすごく古い二口のもの。これで料理ができるんだろうか。まぁできるんだろうけど。冷蔵庫はいちばん小さいやつだし見たこともない古い型だろ。

「どっかから拾ってきたんじゃないか」

そんな気がする。開けてみたら、一応は冷えているみたいだ。中に入っているのはキャベツとかの野菜が少しに、蒲鉾《かまぼこ》とか、瓶詰《びんづめ》の何かとか。カツヤと二人で暮らしていたときの僕たちの冷蔵庫の方がずっとたくさん食材が入っていた。

ゴミ袋にはカップ麵の容器や総菜か何かが入っていたようなトレイがたくさん入っている。きっとまともに料理するより、値引きになってるそういうのを買ってきた方が安く上がるんじゃないのか。

ちゃんとご飯も食べられていない。

こんな狭い部屋に押し込められている。

だんだん、怒りが込み上げてきた。

日本に来て、たくさん稼いで国にいる家族に楽をさせようと思っている女の子たちを、仕事を覚えていつか国に帰ってその仕事で頑張ろうと思っている人たちを、こんな目に遭わせている。

どこのどいつなんだ。きっとどこかに契約書とかもあるはずなんだけど、それを探すのはさすがにマズイよね。

写真だけ撮って帰ろうと思ってバシャバシャ撮っていたんだけど。

気配がした。

外に誰かが来た気配。そして、ドアの前に立った音。

鍵は内側から掛けておいた。

慌てて、ベランダから庭に出た。庭っていってもブロック塀まで一メートルもないようなものだけれど。

壁にぴったりくっついた。

鍵を開ける音がして、ドアが開いた。

「あぁ、ひどいな」

男の声。

「こんなもんでしょ」

違う男の声。

「しかしいくらなんでもこれは狭いだろう。もう一部屋ある部屋は空いてないのか」

最初の男の声。

「どうなんスかね。訊いてみますよ。それとももう一部屋借りてそっちに半分移動させるとか」

少しの間。

「その方がいいか。弁護士とかその辺のところに駆け込まれちゃ厄介だ」

「でも日本語もできない連中っスよ」

「ベトナム語ができる日本人はどっかにいるだろ」

若くはない男。中年。三十代ぐらいだ。

きっと部屋の様子を見ながら話をしているんだろう。シャッター音はしないようにオフにしてあるから、手を伸ばしてカメラを部屋の中に向けて写ることを願ってシャッターを切るか。

（いや）

ここから跳《と》んでブロック塀を乗り越えて、玄関に回って出てくるところを撮った方が確実だ。一瞬だから猫でもいたのかって思ってくれるかもしれない。

（よし）

跳ぼう。

# 十七　大村行成　副住職

「それでは、また」

玄関先で頭を下げる代わりに手を合わせる。黒沢《くろさわ》のおばあちゃんもありがとうございました、と頭を下げる。玄関の扉をそっと閉めて、それからぐっ、と押す。カシャッと軽い音がしてしっかり閉まった。

ここの家はもう築五十年だそうだ。家自体がすでに古くなっているし、玄関の扉が歪んでいて上手《うま》く閉まらない。それを直すお金もないし、そもそも直す必要もないと黒沢のおばあちゃんは言っていた。

おばあちゃんが死んでしまえば、この家はもう壊されて土地ごと売られて終わり、だそうだ。子供たちは帰ってくる気もない。この先、誰も住む予定のない家を直してもお金の無駄だからと。

十七回忌だ。黒沢のおばあちゃんの旦那さんが亡くなられてもうそれだけの年数が流れた。子供たちと住んでいたこの家にはもうおばあちゃんしかいない。子供たちも、帰ってこない。十七回忌といっても俺が来て経を読むだけだ。後ろには、おばあちゃんしか座っていなかった。

「寂しいね」

　自分の父親の十七回忌にも帰ってこない子供。そもそももうそんなことしなくてもいいだろう、って感じだろう。今度帰ったときにちゃんと仏壇に手を合わせるからさ、てなもんだろう。

　そういうのは、多い。古くからの檀家さんでもその子供たちは無宗教で、おじいちゃんおばあちゃんが死んでしまえばうちの寺との付き合いはしない。仏壇も魂《たましい》抜きをして仕《し》舞《ま》いをして終わり。ちゃんと仕舞いをするところはまだましで、家の解体と同時に壊しちゃっているところもある。

　解体業者から依頼が来ることもあるからね。仏壇仕舞いしてくださいってさ。そういうところに行くと位牌《いはい》なんかもそのままってことがある。罰《ばち》当たりめが！　とでも言いたくなるぜ。

　ただの空き地に砂利《じゃり》を敷いただけの駐車場は、この辺りの地主の三峰《みつみね》さんの持ち物だ。三峰さんも檀家さんなので、ご近所の家を回るときには空いていれば自由に車を置ける。

　車のロックを解除して、しばらく風を通すのに開けておく。今日はいっそう暑い。夏は暑いのがいいが、できれば盆前にどんどん暑くなって、盆の檀家回りのときには涼しくなってほしい。

いくら車で回って、車のエアコンで一息つけても、エアコンがない家も実はある。檀家さんは高齢者がほとんどだ。そして高齢者が昔に建てた家というのはエアコンを付けていないこともある。

そういうときは本当に辛い。

車に乗り込んで、エンジンを掛けてエアコンを効かす。一息ついて、手帳を取り出してメモをする。

「十七回忌か」

亡くなられたとき俺はまだ小学生だ。それこそ巡と二人で遊んでいた頃だな。自分が跡を継いで坊さんになるとは何となく感じてはいたけど、まだ何にも考えていなかった頃に亡くなった人の法要《ほうよう》をこなしていく。

次の黒沢のおばあちゃんの、いやおじいちゃんの回忌は、二十三回忌。つまり六年後だ。黒沢のおばあちゃんはもう八十七歳だ。来年は米寿だ。

二十三回忌には私の葬式かもしれないからよろしくね、と、さっき笑い話のように言っていた。

いや、全然笑い話じゃない。マジな話になってしまう。六年後には九十三歳になっている黒沢のおばあちゃんがそのときも元気でいられる保証はまったくない。悪いけど生きている可能性はけっこう低い。

さっきメモに書いたのは、おばあちゃんの子供たちの連絡先だ。六年後の二十三回忌のことなど子供たちは頭にないだろう。そのときにはどうしますか、とこっちから話を向けなきゃならないんだ。

営業だよな。そんなふうに捉えてはいないけれどもぶっちゃけ資本主義的には営業活動だ。布教活動でもある。

でも、そうじゃないんだよな。そうじゃないんだ。人が人として生きるためのものなんだ。それを形にしたものなんだ。形作って、それをなぞることで心を作る。まぁそういう話をしても結局抹香臭《まっこうくさ》いって思われてしまうんだけどな。

「ときどきは様子を見に来なきゃな」

孤独死なんかさせないためにも。

「うん？」

駐車場は低いブロック塀で囲まれている。

その隣りには二階建ての小さな古いアパート。サスペンスドラマで逃亡犯が昔の女のところに転がり込んで隠れ住んでいるような、そんな感じのいかにも、なアパートだ。

知り合いなんか住んでいないはずなのに、そこの一階のベランダみたいなところに、知った顔の男が壁に張り付くようにしている。

「ケイ」

何をやっているんだ？　何でこんなところに一人でいる？

あいつとカツヤは二人セットでいつもいて、それぞれが一人でいるところなんか初めて見た。声を掛けようとして車から出ようとしたときに、その部屋の中に動く影が見えた。

反射的に身体を沈《しず》めた。

薄暗い部屋の中だからはっきりとはしなかったけど、男が二人。明らかにかかわらない方がいいような雰囲気を男たちから感じた。ケイがその部屋のベランダの外の壁に張り付くようにしているのは。

隠れているのか。

部屋にいたのか、あるいは出ようとしたときに出会《でくわ》したので、隠れたのか。

（あれか？）

人間の脳ってのは凄い。

たぶんコンマ一秒も掛からないでそこに結びついた。

前に言っていたベトナムの女の子だ。ヤバいことになっているかもしれないって。それの絡みなのかって結論に辿り着いた。だとしたら、声は掛けない方がいい。黙って様子を見た方がいい。まさか突然拳銃《けんじゅう》の音がするとかいう事態にはならないだろう。

「あ」

壁に張り付いていたケイが跳んだ。

跳んで、ブロック塀を越えて着地するのと、ベランダの戸を男が開けるのとが、同時だった。

開けた男がケイに気づいたかどうかはわからない。

微妙なタイミングだった。もしも男がずっと外を見ていたら、気づいただろう。よそ見しながら開けてその瞬間に外を見たのなら、向かいの駐車場で若い男が急に立ち上がったぐらいに見えたかもしれない。

どっちか。

そこの判断も、コンマ何秒だった。

車のドアを開けて、外に出て、そして微笑んで呼んだ。

「遅いですよ。早く乗りなさい」

俺は、僧侶《そうりょ》だ。袈裟《けさ》を着ている。そして呼びかけたのは僧侶の声で、だ。まだ二十代の男の声じゃなくて、副住職の声で、ケイを呼んだ。

あえて名前は出さずに。

ケイと眼が合った。

次の瞬間にその後方のベランダのところにいる男とも、眼が合った。

ケイは、カツヤもそうだが頭の回る男だ。機転も利く。

何事もなかったかのようにケイは軽く手を挙げて、返事をした。

「はい、すみません」

そうして早足でこっちに向かってきた。

男は一瞬だけ顔を顰めたが、俺と眼が合った瞬間にその顔はすぐに元に戻った。視線が合ったので、軽く頭を下げながら手を合わせた。

男も、軽く頭を下げた。

なるほど、とりあえず悪人ではなさそうだ。悪党かもしれないが、坊さんに向かっていきなり怒号をぶつけてくるような人間ではない。きちんと頭を下げる程度には、社会性も社交性も持っているらしい。

乗り込んで、ドアを閉める。

「アパートの表に回ってほしいです。部屋から出てくる男の写真を撮りたい」

「わかった」

発進させて、ほんの数メートルでアパートの入口だ。

「車を見られてるぞ」

「俺、行ってきますから」

「大丈夫か？」

真面目な顔で頷いた。

「どっかの陰に隠れて、撮ったらすぐに逃げてきます」

「わかった。その角を曲がったところで待ってる」

ケイは出ていったと思ったら本当にすぐに戻ってきて、ドアを開けて滑《すべ》り込むようにして乗り込んできたので、すぐに車を出した。

「撮れたのか？」

「撮れた」

「見られてないか？」

「大丈夫、です」

ありがとうございました、って続けてこっちに向かって頭を下げるのがわかった。

「たまたまあそこにいただけだけどな」

「御勤《おつと》めですか」

「そうだ。何があった？　まずは寺に戻らなきゃならないんだが、話してくれ」

「はい。その前に、カツヤに写真送るんで」

iPhoneを操作してる。

「さっきの男の写真か？」

「そう。探してもらう」

「探す？」

何を探すんだ。

「あいつの友達、犯罪者のデータベース作ってるのがいるんです」

「犯罪者の？」

データベースって。

「それ、警察が持ってるやつじゃないのか」

「似たようなもん、です。それで商売してるのいるから」

商売。

「そんなのどうやって商売にするんだ」

「人捜しとか、いろいろ。一件五千円。日本中のヤクザとかそういう連中を捜せるんで」

五千円。

「そりゃあ確かに商売になるかもしれんな」

「儲かってるらしいけど、その代わりリスキーだから」

「確かにな」

とんでもなく激しくリスキーだと思うが。

「でも、居所さえ摑《つか》まれなければ、交通事故に遭う確率よりリスクは少ない。だからそいつがどこにいるか誰も知らない」

そんな奴が友達にいるのか。

「大丈夫なのかそれ。カツヤは」

「ネットの中では平気。カツヤも半分ハッカーみたいなもんだから」

ハッカーっていうのは要するにネットのプロってことで、悪い意味じゃないってのは知っている。本当に悪い奴はクラッカーって呼ばれるとか。

「友達だけど、お互いに顔も名前も知らないし。それに犯罪防止とかにも役立ってるから」

「まぁ、そうか」

事前にアブナイ奴かどうかを調べられれば、確かに犯罪防止にはなるか。

「それで、何がどうしてあそこにいたんだ」

詳しい話を聞いたら、ほぼ予想通りだった。俺の頭脳も大したもんだと思う。そう言ったらケイが笑った。

「なんだ」

「副住職さん、いつでも探偵で食っていけるって。寺で探偵事務所を開いたらどうかって」

「誰が」

「前にあおいちゃんが言ってた。宇田さんがそう思ってるって」

そんな気はさらさらないが、そういや巡はそんなこと言っていたか。

「巡ほどじゃあないが、俺も小さい頃からカンは鋭かったからな」

仕職という商売だってそのカンの良さは生かせると思ってる。

「きっと宇田さんが言ってくると思うけど」

「何を」

「明日、宇田さんともあおいちゃんとも会うんだ」

「何かあったのか」

「あおいちゃんのお父さんの親友を見つけたんだよ。あと、オレオレ詐欺をやっていたかもしれないのを、ドローンで撮ったからさ。それを見ながらどうするか相談。ついでに、このベトナムの女の子の件も相談する」

いっぺんにか。

## 十八　宇田巡　巡査

いきなり大人数になっていた。

非番にあおいちゃんと一緒に過ごすのはいつものことだけれど、昨日とんでもない場面に出会して、そこにカツヤとケイが偶然いてくれて助けてもらったのは聞いていた。

なので、カツヤとケイがドローンで撮ってくれたものを、いろいろ解析して見ながら相談したいってことだったけど、そこに行成と浜本さんもやってきて、あおいちゃんが言った。

「大人数のお昼ご飯になっちゃったので、カレー作りました」

「うちでな」

行成が自分を指差しながら言う。

〈東楽観寺前交番〉勤務の独身警察官が住む、東楽観寺の境内にあるこの庵《いおり》は、狭い。いつもなら僕が夜勤明けで昼まで寝ているところにあおいちゃんがそっと入ってきて、お昼ご飯を作ってくれて僕はその音を夢うつつに聞きながら、ときには味噌汁《みそしる》の香りを嗅《か》ぎながら目覚めるという、まるでマンガのベタな新婚家庭のような状況だったんだけど。

「ちょっと大騒ぎになっちゃうので」

「そうだよね」

六人分のカレーを作っていたら、ましてや行成も出入りしていたらさすがに僕もこの狭い庵でのんびり寝てはいられなかったと思う。

「カレーの材料はうち持ちだ。安心しろ」

行成が言う。

「そりゃどうも」

行成のところにはいろんなものが届けられる。米やら野菜やらはあまり買ったことがないとか。どこのお寺もそうなのかと訊いたら、調べたり公表したりするようなことじゃないのでわからないけど、けっこう檀家さんからの届け物は多いらしい。

「食べちゃいましょう」

「良い匂いだ」

「ポテトサラダもあります」

「いただきまーす」

居間にあるちゃぶ台はこの人数では狭いので浜本さんとあおいちゃんに使ってもらい、他の皆は手でカレー皿を持っていただきますをした。幸いあおいちゃん以外は全部男だ。ざっくばらんでいい。

「部室みたいだな」

「まったく」

行成と二人で言うと、浜本さんも頷いた。

「昔は、ここでもよくこんなことをしていたな」

「そうなんですか？」

微笑んで頷いた。

「ここは交番の、いわゆる独身寮でもあったが、それこそ手のかかる悪ガキたちを集めたりな。そんなことをしていたよ」

「飯を食わせたりですか」

「そうだね。そういうこともしたな」

「今も変わんないね。俺らは悪ガキだし」

カツヤが言って、ケイも笑った。二人が悪ガキならとんでもない才能を持った悪ガキになってしまうんだけど。

「俺ら、部活なんか経験してないから、いいね。こういうのを味わうのも」

「そうか」

浜本さんたちがそうしていたように、こういうのも地域を担当する交番詰めの警察官の役割だろうと思う。

カツヤとケイは十二分に自分で生きる力を持った若者だが、それ以前の暮らしぶりはなかなか悲惨《ひさん》だったと聞いている。半分は自分のせいだが、半分は環境もあったと思うと、自分たちで話していた。子供は、親の環境を選べないんだ。

「あ、セットしちゃうよ」

ものすごい勢いでカレーを食べたカツヤがいつも持っているキャリーケースから取り出してセットしたのは、MacBook Proとプロジェクターだった。

「それプロジェクターなのか。随分小さいもんだな」

行成が言う。

「こんなもんだよ。新しいのは」

時代は変わるなって、浜本さんも感心する。

「カーテンを閉めなくていいのかい？」

「全然大丈夫。映すよ。あおいちゃん、俺喋るけど、足りないところは説明してね」

「うん」

ドローンで撮影した動画が壁に映る。本当にカーテンを閉めなくても、はっきりとわかるように映し出された。

「昨日、あおいちゃんとばったり会ってさ。そこで撮影していろいろ調べてまとめたもの。まずこの中年のおっさん、男性ね」

「これが、お父さんの親友だという脇田広巳さんです。間違いないです。写真を確認しました」

あおいちゃんが言う。

「似顔絵にそっくりだな」

行成が驚いたように言ったけど、僕も驚いた。あおいちゃんが描いた似顔絵は、大学時代の写真を参考にしてそれから二十数年経った姿を想像して描いたものだけれど、そのままだった。

「改めて漫画家さんの持つ才能に驚くな」

浜本さんが呟くように言う。

「まだお父さんにはこの映像を見せてない、確認していないんだよね？」

「うん」

「え、何で？」

行成が訊いた。

「それは、後で私が説明しようか。さくらさんの退院のとき、あおいちゃんと二人で手伝いに行ったときの話だから」

「どうしてまだお父さんに確認を取っていないかを説明するには、この動画を全部見ないと話が通じないの」

「わかった」

行成が頷いて、また動画が流れる。行方不明だったというあおいちゃんのお父さんの親友の脇田さんと一緒に、女性が歩いている。

この女性は。

「俺たちと同じぐらいかな？」

行成が言う。

「そうだ。そんな感じだ」

「たぶん、美術関係のお仕事か、それに類することをやっている人だと思います。手に持っている袋が画材店の袋なので」

皆で頷いた。よく聞く画材店だ。あの店で買い物をする人は基本的にはそっち関係の人しかいない。

「この二人が、どうやら同じマンションの部屋に住んでるらしいぜ」

カツヤが言ってMacBook Proを操作すると、画面が切り替わって、止まった。

「入るところを映して、どの番号を押したかをモデリングして確かめた。百パー間違いなしだよ。押した番号は１８０２の５９０１。つまり」

「十八階の二号室で、暗証番号は５９０１か！」

行成が少し大声を出した。

「ピッタリじゃないか。あおいちゃんが掏り取ったメモと！」

「そうなんです。そして、この男の子なんです。私がメモを掏り取ったのは」

また画面が切り替わって、動画が流れる。カツヤやケイと同じぐらいの若者が、あの二人と合流して、離れていった。

「この後、このにいちゃんも同じ部屋に入っていったぜ」

「その女の人は、確認している」

「そうなのか？」

皆が少し驚いた。この情報はまだ行成にも言っていなかった。

「前に暴力団事務所になっているんじゃないかという通報があったときに調べた。管理人に聞いてきたんだよ。僕がこの眼で監視カメラの映像で確認した。間違いなくそのマンション〈グレースタワー〉の最上階、十八階に一人で住んでいる北村紗英さんというイラストレーターさんだよ」

「何者、って、イラストレーターさんか。巡、この映像を見ても特に変な様子は全然感じないよな」

「ないと思う」

監視カメラのモノクロ映像じゃなく、こうしてきちんとした映像を見ても、普通の女性だ。確かに芸術家肌とでも言うんだろうか。そういう雰囲気は持ち合わせているけれど。

「犯罪とかの匂いは感じられない」

「宇田くんが言うのだから、間違いないだろうな」

浜本さんも頷く。

「その二人が、一緒の部屋に入っていった、か」

「そのことは、別にいいんです。お父さんが言ってましたけど、今現在は脇田広巳さんは独身のはずなんです」

あおいちゃんが脇田さんの身に何が起こったかを皆に説明した。震災で妻と子供を失い、そして行方不明になったと。皆が、辛そうに顔を顰めた。

「そんな事情があったのか」

「なので、私もひょっとしたらこの北村さん？　が今の恋人かあるいは奥さんかと思ったんですけど、それにしてはこの二人の間に漂う雰囲気は違うな、って感じたんです」

「確かにな。夫婦や恋人のそれではないな」

「そうしたら」

カツヤがMacBook Proを操作すると、映像が切り替わった。映ったのは、若い男。カツヤが言う。

「この男が、オレオレ詐欺で金を回収していたかもしれない渋谷裕っての？　あおいちゃんがメモを掏り取ったっていう。こいつが、ほら。この二人に声を掛けて普通に話して一緒に歩き出した」

「本当だ」

「途中で渋谷裕はコンビニに行ったけどね。こうやって戻ってきて自分でマンションの暗証番号を押して、入っていった」

「確定だな」

行成が言う。

「この三人は知り合いで、オレオレ詐欺に関わっている。しかもこの女の部屋がその拠点だよ」

「確定はできないよ。証拠がない。ただの知り合いの三人かもしれないし、何かの事情で一緒に暮らしている赤の他人の三人かもしれない」

「でも可能性は高いだろ？」

「高い」

「確かにこれは、すぐに喜んでお父さんに教えられないか」

残念そうに浜本さんが言ってあおいちゃんの顔を見た。

「教えられないのはむしろこっちの方なんだ。昨日ざっくりあおいちゃんにはＬＩＮＥしたけどさ。続きがあるんだ」

カツヤが言う。

「昨日、ケイと行成さんがバッタリ会ったのは言ったよね」

それは、あおいちゃんからも行成からも聞いた。

「危なそうな男に出会したんだよね」

「そう。そして、ケイから写真貰って調べたんだよ。ランちゃんの部屋にやってきた男をさ。案の定、暴力団員だった」

画面に映し出されたのはジャケット姿の中年の男。

「これはランちゃんたちの部屋にやってきたとき、ケイが撮った写真。行成さんも間違いないよね?」

「間違いない。この男だ」

行成も頷いた。

「こいつは雁遁組ってところの石塚《いしづか》って奴。もう一人一緒に映ってるのはわからなかった。とりあえず俺の方からは調べられなかったけど、ケイの話じゃあランちゃんたちみたいな外国人を働かせている元締めみたいなところにいるのは間違いないらしい。だよな?」

ケイが、うん、と頷いた。

「ケイが部屋で聞いた会話をコンピュータの合成音で再現したらこんな感じ。ほぼ完璧だってさ」

二人の男の写真をバックに、声が流れる。

『あぁ、ひどいな』

『こんなもんでしょ』

『しかしいくらなんでもこれは狭いだろう。もう一部屋ある部屋は空いてないのか』

『どうなんスかね。訊いてみますよ。それとももう一部屋借りてそっちに半分移動させるとか』
『その方がいいか。弁護士とかその辺のところに駆け込まれちゃ厄介だ』
『でも日本語もできない連中っスよ』
『ベトナム語ができる日本人はどっかにいるだろ』

音声が止まるとカツヤが続けた。

「間違いないと思うでしょ？　こいつらがランちゃんたちをまとめてるんだって」

「そうだな」

そこは間違いないような気がする。

「で、さ。雁遁組ってのはヤバいってのをさくらさんが言ってたって聞いてさ。調べてみたんだよね。そしたらさ、そんなに前じゃないけど、ただの事故で死んだ若頭《わかがしら》みたいなのがいてね。杉山史郎ってんだ」

「事故っていうのは何だ。交通事故か？」

「いや、そこんところはわからなかった。で、その杉山史郎ってのが大学出のインテリヤクザみたいな感じで。出身校を見て、あれひょっとしたら、って思ってあおいちゃんに確認したんだ。お父さんの出身校さ。そしたら、同じだった。年齢もそんなに変わらないから、同じ時期に大学に行ってるはず」

「マジか」

行成が驚いて、あおいちゃんも頷いた。

「お父さんと同じ大学でした」

カツヤが続けた。

「ってことはさ、あおいちゃんのお父さんと、脇田広巳さんと、雁遁組の死んだ杉山史郎ってのが同窓生なんだよね。なんか繋がっちまったんだけど、これはただの偶然だと思う？」

「ちょっと待ってくれ。こんがらがった」

行成だ。

「整理させてくれ。まず、あおいちゃんのお父さんは行方不明だった親友を見かけて捜していたんだな？」

「そうです」

あおいちゃんが頷いた。

「その親友が、脇田広巳さんで、脇田さんは〈グレースタワー〉の一八〇二号室に入っていったんだ。その部屋のたぶん持ち主である北村紗英さんというイラストレーターと一緒に」

皆が頷いた。

「そうだな」

「その部屋はたぶん暴力団がいるんじゃないかって通報があった部屋だ。そこにオレオレ詐欺の片棒をかついでいる渋谷裕って若いのも一緒になって入っていった。つまり」

「その部屋が、オレオレ詐欺の拠点、つまり暴力団の事務所という可能性が高いということだな」

　浜本さんがゆっくりと頷きながら言った。

「さらには、ランちゃんたちにひどいことをしている黒幕には雁遁組っていう暴力団がいて、もう死んでいるけど杉山史郎っていう若頭みたいなのが、あおいちゃんのお父さんと脇田さんと同じ大学」

「杉山が死んだのはいつなのかな？」

「たぶん、一年か二年前」

　そんなに昔ではない、か。

# 十九　脇田広巳《わきたひろみ》　無職

ふっ、と、霧《きり》が、いや霞のようなものが晴れるときがある。

それは大抵《たいてい》は夜明け前だ。陽が昇る前、空に明るさが差してくる時分。カーテンのない寝室にもその明るさが窓からそれこそ霧か霞のようにじんわりと広がっていくような時間帯。

よく眼を覚ます。ほぼ毎日、そんな時間に眼が覚める。

明るくなるからか、夢を見るから眼を覚ますのか。自分ではわからない。そして目覚めた瞬間に自分が今何をして生きているのかをはっきりと思い出す。

思い出しても、まだ身体も頭もぼんやりとしている。半分眠っているような状態だから、それに対してどうこうは思わない。

確認作業をしているみたいだ。パソコンがアップデートをしているような感じだ。

一体俺は何をしているのか、と、自分を責める気にもなるが、それはアップデートを終えるとすぐにぼんやりしていく。

また、霞の中で生きているような気持ちになっていく。

わかっているんだ。

わかっている。

自分が今何をしているのか、どこにいるのか、どんなふうに生活しているのかは、わかっている。情けないことになってしまっているのも、わかっている。わかってはいるが、そういう自分は霞の向こうのさらに曇りガラスの向こうにいるようなんだ。

何をやっているんだ、と思うけれどもそこに声も手も届かないんだ。

届かせたいと思っている自分がいるはずなのに。

いや、いるんだ。

確かに。


「おはようございます」

「おはようございます」

トーストの匂いに、コーヒーの香り。十八階の最上階の窓から差し込む陽の光。北村さんが私の分の朝ご飯も用意してくれている。

まるで遠い昔の朝を追体験しているみたいだ。

追体験。

そう、そんな日々があったことは覚えている。記憶のどこかにはある。誰かと、いつも朝を過ごしていた。

「コーヒーはブラックですよね？」

「ブラック」

そうだったかな、と考えて、結論が出る前に頷く。頷いてからそうだったよな、と思い出す。

「そうです。ありがとうございます」

まだ歯も磨《みが》いていないし顔も洗っていない。寝間着のまま若い女性の前で過ごすのは失礼なことぐらいはわかるので下着を替えて部屋着に着替えてきた。

「目玉焼きなんですけど、何かかけます？」

「目玉焼き」

目玉焼きにかけるのは醬油《しょうゆ》か、ソースか、何もかけないか。そんな話はきっと誰でも一度はしたことがあるはずだ。

どこかでした。

どこだったか。誰だったか。男同士でそんな話をした記憶がある。それは誰だったか。そんな話をした相手の男は。

たぶん、友達だろう。

「ソースですね」

「ソースですか」

「いや」

「いや？」

ソースは、あいつだ。

あいつって、誰だ。

「僕は、マヨネーズです」

「私もです！」

彼女は、北村紗英さんは嬉しそうに微笑む。いや笑顔が弾《はじ》ける。たぶんここ何日かこんなふうに過ごしているはずだ。

そして彼女はいつも俺が何かを言うと嬉しそうに微笑んだり笑ったりする。

そんなふうになってきた、はずだ。

記憶は、たぶん、一日か二日経つと何もかも霧の向こうに行ってしまう。彼女と一緒に買い物に出かけたはずだが、そのこともう霞《かす》んでいってしまっている。どこのお店に行って何を買ってきたのか。そういうことを忘れてしまう。

そういう病気があったな、と思うこともあるが、どんなものだったかを調べることもしない。やる気がない。

一日が、ただ時間として流れていく。

そんな俺に、彼女がどんどん近づいてきている。そう感じる。

今日は晴れみたいですね。

何か予定はあるんですか。

美術館に行きませんか。

買い物に行きませんか。

お昼ご飯は、晩ご飯はどうしましょうか。

そういうことをよく訊いてくる。いや、訊いてきてくれる。気にかけてくれているんだろう。

形としては、同じ部屋に住んでいる者同士。

「最近、誰も来ませんね」

誰も来ないというのは、男たちのことだろう。

「そうですね」

「何か聞いてます？」

「いえ」

あ。

いや違う。聞いたはずだ。

「しばらくの間は、誰も近づかないと言っていたはずです」

北村さんは、少し首を傾げた。

「しばらくというのは」

「二週間か三週間か一ヶ月か。来るときにはまた連絡が入ると思います。その間、僕はずっとここにいると思いますが、都合が悪いでしょうか」

微笑んで首を横に振った。

「そんなことないです。ここは脇田さんの家でもあるんですから」

自分の家だなんてとても思えないが、ここにいられないと今は他に寝泊まりするところもないのが、自分だ。

「すみません」

「謝らないでください。本当に、ここには脇田さんの部屋があるんですから」

自分の部屋か。確かにあそこに寝泊まりしているのは俺だけだが。

トーストを頬張《ほおば》る。旨い、と感じる。

「パンが」

「え？」

「パンがとても美味しいですね」

そう感じた。確か、以前に食べた食パンとは全然違うような気がした。北村さんが、大きく頷いた。

「そうなんです。昨日買ってきたんですけど、美味しいって評判のところの食パンなんです」

「そうなんですね」

ニコニコしている。

女性は、そういうのが好きだ。美味しいパン屋さんを見つけたらそれだけで幸せな気持ちになれる。

そういう話を、昔に誰かともした。大切な女性と。

「あ、そうだ。じゃあビデオカメラって使えますか?」

「ビデオカメラ?」

「脇田さんが時々、持ち出して使っているビデオカメラですけど」

あぁ。あれか。

「使えるかというのは、何か撮影するんですか?」

こくん、と、頷いた。

「仕事でお寺を描くんですけど、お寺の敷地内全部を描くような仕事なので、写真に撮るより映像で撮ってそれをちゃんと観て描きたいんです」

「つまり、全体像を頭の中でちゃんと捉えたい、と」

「そうなんです！」

嬉しそうに笑って頷いた。

「iPhoneで動画を撮ってもいいんですけど、あのビデオカメラけっこういいカメラですよね？　ズームとかもできるし」

「そうですね」

家庭用ではあるけれど、その中でも日本のメーカーで最高級のものだ。しかもつい半年前に買い替えたものだから最新式だ。とんでもない遠くからでもすごいズームでアップも撮れる。

「しかし、撮った映像が中に入っていますけれど」

「私がメモリーカードを買って入れ替えれば、大丈夫ですよね」

そう言われればそうか。

「内蔵メモリーしか使っていないはずです」

そのはずだ。けれども。

「何を撮っているか、知ってますか？」

首を横に振った。

「わかりませんけれど、観ようとは思わないです」

「観ない方がいいですね」

何を撮っているかは、自分でわかっている。自分が何をしているのかも、わかっている。それをはっきりと認めようとはしていないけれど。

この女性は、北村さんはいい人だ。この部屋の持ち主ではあるけれども、ここに集まる連中とはもう無関係だ。

杉山は、死んだ。

俺を先輩と呼んで慕《した》ってくれた、いや、助けてくれたはずの彼はもうこの世にいない。

俺と北村さんは、ここにいなくてもいい人間だ。

「北村さん」

コーヒーを飲んでから、言った。

「はい」

「内蔵メモリーに入っている映像を、今入っているメモリーカードに移し替えます。念のために。そうした方が使いやすいでしょう」

こくん、と頷いた。

「そのときに、一緒に何が映っているか観ませんか」

「観るんですか?」

「僕は撮っている人間ですから何が映っているか知っていますけれど、北村さんも観ておいた方がいいような気がしました。さっきは観ない方がいいと言いましたけど」

知っておいた方がいい。

北村さんが少しだけ驚いたような顔をした。

「二人で過ごす時間が増えれば、それだけ自分たちがどういうところにいるのかということに向き合うことになると思います」

たぶん、そういうことになる。

「そのときのために、観ておいた方が」

北村さんが、ゆっくりと頷いた。


テレビに繋げて、再生する。

観て嫌になるような映像ではない。何も考えずに観れば、何てことはない、何のために撮ったのかわからないような映像だ。

けれども、ちゃんとした神経の持ち主ならば、これがどんな場面かはわかるはずだ。

駅前の様子が映る。

俺は道路の反対側から撮っている。

けっこう離れているが、ズームではっきりとわかる。

不安げな様子の婦人と、着慣れないスーツを着た若者。

若者はここに何度も来ているが、名前は知らない。

聞いてはいるはずだが覚えていない。

婦人が紙包みを若者に渡す。

若者は丁重《ていちょう》な様子でそれを受け取りゆっくりと歩き去る。

婦人がその背中をさらに不安そうに見つめている。

北村さんの眉間《みけん》に皺《しわ》が寄っている。何が行われているかは、理解している顔だ。それをはっきりと確かめたようだ。

その頭が少しだけ動いた。

「あの女の子は？」

若者の反対側から歩いてくる若い女の子だ。とても可愛い女の子。撮っているときにも思ったが、どこかで会ったような気がするがそれはたぶん美しい顔形をしているからだと思った。きっとどこかのモデルや女優、そんな誰かに似ているのだろうと。

「関係のない、ただの通行人でしょう」

ただ若者がちゃんと紙袋を持ってくるかを記録しているだけで、そこにたまたま通りかかった女の子というだけだ。

北村さんが、何か気にしている。

「知り合いですか？」

「いえ」

また少し頭を傾げた。

「知り合いではないですけど、どこかで、たぶん会っています」

「モデルさんや女優さんに似ているのではなくて？」

「違います。あ、そうです。画材屋さんで見かけていました」

「画材屋さんで」

なるほど。それなら、北村さんと同じように絵を描いているような女の子なのかもしれない。画家か、イラストレーターか、あるいは漫画家か。

「とてもきれいな女の子なので、失礼だけどじっと見ちゃっていたんです。思い出しました。覚えていました」

「そうですね」

アイドル、いやその辺のアイドルよりもはるかにずっときれいな、そして可愛い女の子だ。女優やモデルと言われても頷けるぐらいに。

「高校生ぐらいでしょうかね」

「そうですね。それか、大学生か」

ひょっとしたら社会人かもしれないが、十代後半から二十代初め。それぐらいの年齢の子だろう。

その子が今、若者とすれ違った。

「あれ？」

北村さんが声を上げた。

「どうしました？」

「すみません、今のところもう一度再生してください」

「今のところ？」

「すれ違う直前から」

言われたまま巻き戻して、また再生する。何が気になったのか。私の眼には、ただすれ違ったようにしか見えなかったが。

同じ場面が繰り返される。

やはり、ただすれ違っただけだ。北村さんが眼を細めてテレビを凝視している。

「これ、スロー再生はできますか」

## 二十　楢島明彦　奈々川市役所市民生活課　課長

大騒ぎだった。たかがハチ一匹だったのに、何十人もの人間が大騒ぎしてしまった。

しかし、たかがハチ一匹とはいえ、スズメバチだ。刺《さ》されたらアナフィラキシーショックを起こす人もいたかもしれない。

やり方は、あの場では間違っていなかったはずだ。

大きかった。確かにスズメバチだった。種類までは特定できないが、間違いない。職員だけではなく市民の皆さんも大勢いたのだから、すぐに殺すか捕《と》らえなきゃならなかった。

天井に止まったハチをどうやって捕まえるか、もしくは殺すか。

殺虫剤はあったがすぐに効くとは限らない。逃げられてまた大騒ぎになったら困る。走って逃げて転ぶ人がいては大変だ。お年寄りだってたくさんいた。何かをぶつけて殺そうという声もあったがそれも駄目だ。外して、まだ大人しくしていたハチが攻撃されたと思って誰かに襲いかかる可能性の方が高い。

紙筒があった。

ポスターか何かが入っていた一メートルほども長さのある紙筒だ。太さは直径十センチくらいあった。

「これだ」

片方の穴を紙とガムテープで塞《ふさ》いだ。そして、机の上に乗り、天井に止まっているハチにそっと、しかし素早く被《かぶ》せる。ハチはすぐに動いて紙筒の中で飛び回るだろう。もう片方の穴をすばやくファイルで塞げばハチは閉じこめられる。そのまま外に持ち出し、可哀《かわい》想《そう》だがそこで殺虫剤を噴霧すればひとたまりもないだろう。生き物愛護の観点からは外で逃がしてもいいのだが、近辺にいる人に襲いかかっても困る。

その作戦でいった。

言い出しっぺであり、なおかつハチが止まっている天井のほぼ真下にあるのが私の机だったので、私がやることになった。いや、私がやるよ、と言ったのだ。部下に危険なことをさせるわけにはいかないし、私より年上の上司を机の上に立たせるよりは、まだマシだろうという判断だ。

念のために誰かの机の引き出しにあった野球帽を被り、首をタオルで覆った。軍手もした。

上手くいったのだ。ハチにすっぽりと紙筒を被せたときには拍手が起こった。

が、考えが甘かった。素早く天井の面の紙筒の口にファイルを滑《すべ》り込ませなければならないのに、そこまで手が届かない。

「誰か、小さな台はないか。机の上に上げてくれ」

踏み台を持ってきてくれたので、紙筒を押さえながらその上に乗った。紙筒の中ではスズメバチがブンブン暴れている。ぶつかってきてかなりの手応えがある。一気にファイルを滑り込ませてそのまま手で押さえるとまた拍手が起こった。

そこに油断があった。

足を滑らして踏み台の上から落ちるとは。

しかし、紙筒からは手を離さなかった。ハチが飛び出すことはなかった。そこは褒めてもらいたい。そのせいで腰と尻をしたたかに打って、整形外科に行く羽目になったのだが。

「年なんだろうな」

足が滑った瞬間にそのまま飛び降りればいい、と瞬時に判断した。身体も反応できると思ったのだが、反応しなかった。

きっと二十代、いや三十代の頃なら多少バランスが悪くてもそのまま着地できたはずだ。

動けないわけではないから病院は大げさだと思ったが、そこは仕事中の怪我。きちんと手当てした方がいいと言われて市役所から歩いていける市立病院に向かった。行きはタクシーを呼んだが、帰りは歩きでいいと判断した。

レントゲンを撮っても骨折などはない。打撲《だぼく》でおそらく一週間や十日は痛むだろうと。ひどい痣《あざ》ができるだろうけど、それも二週間もしたなら消えていくだろうと。

「名誉の負傷か」

ちょっと歩くのも痛いが、ゆっくりと歩けば大丈夫だ。歩いて十分の距離が三十分ぐらい掛かるかもしれないが、骨が折れたわけでもないのだからタクシーは大げさだ。市民の皆さんの税金で成り立っている予算をそんなのに使うわけにもいかない。

まぁ、課の皆にいい話題を提供できた。

「酒の肴《さかな》になるだろうな」

落ちて行くときにiPhoneのシャッター音なんかも聞こえたから、きっと誰かが写真を撮っている。帰ったら送ってもらおう。

病院の正面玄関を出たところで、悦子にＬＩＮＥを入れた。

【転んで打撲。病院には行った。詳しくは帰ったときに。笑えるから大丈夫】

何も言わないで帰ってから報告するときっと怒る。どうして早く連絡しないの！　と。

すぐに既読になって返事がきた。

【笑えるならＯＫ！　気をつけてね】

よくわからないスタンプはおっさんがＯＫ！　と親指を立てていた。目の前でタクシーが停まったので邪魔にならぬように動き始めたときに、ドアから降りてくる男性と眼が合った。

思わず、iPhoneを落としそうになった。

「脇田！」

脇田が、私を見た。

眼を細めて私を見た。

「脇田、脇田だろ？」

一緒にタクシーに乗っていた女性に気づいた。料金を払って、そして私を少し驚いた顔をして見ていた。一度動きを止めた脇田が、ゆっくりと車から出てきた。その後から、女性も。

脇田は、私を見ていた。

「どうしたんだ？　脇田だろ？　脇田広巳だろ？」

動揺が見られる。困ったような、戸惑うような。

「楢島だよ。忘れたのか？　楢島明彦だ！」

「楢島」

ようやく、声が聞けた。間違いない。脇田の声だ。けれども、まだ戸惑っている。困っている。

そこでようやく気づいた。

指に包帯をしている。血が滲《にじ》んでいる。

「怪我か？」

「あぁ」

「包丁で指を切ってしまったんです。結構深くて、血が止まらなくて」

女性が少し慌てたように言う。

「そうか。じゃあ急がなきゃ」

ここなら救急外来ですぐに手当てしてくれるはずだ。あおいが小さい頃に転んで膝小僧《ひざこぞう》を切ったときもここでやってもらった。

女性が頷いて、足早に中に入っていく。脇田もそれに続いたが、どこか動きが遅い。怪我したのは女性だったんじゃないかと思うほどに。

並ぶようにして歩いた。

「いつからいるんだ？　この町に」

訊くと、歩きながら私を見た。

「楢島」

私を呼ぶその表情にさっきよりも感情が浮かんでいるような気がした。

「楢島だな？」

「そうだよ。楢島だよ。忘れてたのか？」

忘れるはずがない。それなのに、どこかおかしい。

救急外来で受け付けすると、すぐに脇田が診察室の中に入っていった。廊下に並んだ椅子に座っていると、一緒にタクシーで来た女性がやってきて隣りに座った。

「あの」

「はい」

「北村と言います」

「北村さん」

バッグの中から名刺入れを出して、一枚取り出してくれた。北村紗英さん。

「イラストレーターさん」

「はい」

絵描きさんだったのか。ジャンルこそ違えど、あおいと同じ類いの仕事をしている人か。

「楢島さん、でしたか」

「そうです。あ、名刺はお渡しできるのを今持ってきてはいないんですが」

財布の中に一枚だけいつも入れてあるのを見せた。

「市役所の」

「そうです。市職員です。あの、脇田とはどういう」

どういうも何も、包丁で指を切ったというなら、この時間だ。昼過ぎだ。お昼ご飯でも脇田は作っていたんじゃないかこの人と一緒に。あいつは料理が好きだった。あいつの作った飯をいつも食べていたんだ。

「あの」

躊躇《ためら》いが、ある。どう言えばいいか迷っている雰囲気が伝わってくる。

「あ、いやすみません。私はですね」

「大学で一緒だった方ですか？」

「あ、そうなんです」

脇田が話していたのか。いやそれにしては様子が変だが。

「ひょっとして、杉山史郎という同じ大学にいた人をご存知ですか。椙島さんの後輩になると思うんですが」

「杉山史郎？」

すぐに顔が浮かんできた。

杉山。杉山史郎。

「あぁ！」

思い出した。覚えている。脇田と同じ学部だった。

「覚えてますよ！　スギですね。よく一緒に遊んでいました。同じサークルだったんですよ」

「サークル」

「サークルというほどのものでもなかったんですけど、山歩きとか、ハイキングとか、とにかく自然の中を歩くみたいな集まりで」

そうだ、杉山。明るくて調子が良くていつも元気一杯の奴だった。

「あ、でもあいつは」

大学を中退したはずだ。私たちが四年生のときだった。そういうと、北村さんが小さく頷いた。

「その杉山と、私は恋人でした」

「恋人」

でした。でしたってことは。

「杉山は、二年ほど前に亡くなったんですが、ご存知ありませんでしたか？」

「死んだ？」

事故でした、と北村さんが言う。

あいつが、事故で。

「そうでしたか。それは」

あいつの笑顔が浮かんでくる。ちょっと浮ついたところがあった男だけど、悪い奴じゃなかった。

「そうすると脇田は杉山と会っていたんですか？」

杉山もこの町にいたのか。

そして北村さんはどう見てもまだ二十代後半か三十代前半に見える。たぶん私とは二十歳近くも違うだろう。杉山とも大分年が離れた恋人同士だったのか。

「あの、詳しくは私もわからないんですけど、脇田さん、記憶喪失か何か、とにかくそういう病気だと思うんです」

「記憶喪失?」

「厳密には違うと思うんですけれど、自分が何をしてきたのか、今何をやっているのかもよくわかっていないというか、ぼんやりとしているんです。過去に何かがあったからだと思うんですけれど」

過去は、ある。

「杉山が、脇田さんを見つけて、連れてきたはずなんです」

杉山が。

よくわからなかったものが繋がってきた気がする。

「だから、楢島さんのことも最初はよくわからなかったんです。でもきっと話していればはっきりしてくると思うんですけれど」

「なるほど」

この子が、北村さんが脇田のことを心配しているのは、よくわかった。それが伝わってくる。たぶんだが、杉山が死んでからずっと北村さんは脇田と過ごしてきたんじゃないのか。

　一緒に住んでいるのか、あるいは近いところにいて日常的に会っているのか。それで怪我をして一緒に病院に来たのも話が通じる。

　北村さんは唇を引き締めた。

「あの、脇田さんとは、親しかったんですね？　大学で」

「はい」

　寮でいつも一緒だったことを教えた。

「そう言っていいなら、大学時代の親友でした。あいつが行方不明になって、ずっと心配していました」

「行方不明」

　やっぱりそうか、という顔をした。そうか、その辺のこともこの子はわからずに、脇田と過ごしてきたのか。

「お願いがあるのですが」

「何でしょう」

　真剣な顔をする。

「脇田さんを、助けてあげてください」

　助ける？

# 二十一　大村行成　副住職

やたらと人数が多い。

が、そもそも寺はたくさんの人が集まれるようになっているものだ。いくら地方のしょぼい寺とは言っても、本堂には何十人もの、まぁ百人はちょっとキツイかもしれないが、五十人や六十人ぐらいなら余裕で集まれる広さがある。

だから、これぐらいの人が集まったところで何でもない。何だったらこのまま布団を揃えて並べて敷いて合宿だってできる。何の合宿にしたらいいかは思いつかないけど。

俺に巡に公太、あおいちゃん、浜本さんに、カツヤにケイ。

いつものメンバーに加えて、あおいちゃんのお父さんの楢島明彦さんに、大学の同級生で親友だったという脇田広巳さんに、そしてあのマンションの最上階の住人だという北村紗英さんだ。

合計十名。

もちろん、巡の休みの日にした。

最近休みの度にこうやって大人数で集まっている気がしていると言っていたが、気のせいじゃなくて本当に集まっている。激務である警察官の貴重な休日に可哀想だとは思うが、しょうがない。

こんがらがっているんだ。

いや、整理すればわりあい単純な話になると思うんだが、そこに関わってしまった人間が多いし、なおかつ巡に、交番のお巡りさんに後はよろしくと丸投げできないような感じになってしまっているからだ。

警察は、事件が起こらないと動けない。けれども、何かを未然に防ぐための防止活動の一環としてなら動ける。業務として認められた部分でだけなら。

楢島さんから、あおいちゃんのお父さんから、行方不明だった脇田さんのこれまでの話は全部聞いた。

北村紗英さんから、彼女と脇田さんとの関係も聞いた。

死んでしまった楢島さんと脇田さんの大学の友人、杉山という暴力団の幹部の男の話も。

そしてケイの友達のランちゃんたち、ベトナムの女の子たちの苦境の話も、皆に教えてあげた。

そのどちらにも、暴力団である雁遁組が、死んでしまった杉山がいた組が裏にいることも、確認した。

全員が知っていることを、わからなかったことを、確認し合った。そうしなきゃこんがらがったものが解けないからだ。

カツヤとケイが撮ったドローンの映像ももう一度確認したし、脇田さんが以前に頼まれて撮っていたという、オレオレ詐欺による現金受け渡し現場の映像も見せてもらった。たまたまその現場を察知してメモを掏り取ったあおいちゃんがしっかり映っていたものだ。

そのビデオを観終わってすぐに脇田さんが言った。

「ひとつ、気になることが」

「何ですか？」

「私が撮ったビデオは、全部奴らも観ているんです。この、あおいさんが映っているビデオも。それで」

北村紗英さんを見ると、彼女は頷いた。

「私はわからなかったのですが、紗英さんは、このあおいさんが擦れ違いざまに何かをしているような気がすると」

ちょっと驚いて、巡とあおいちゃんと顔を見合わせてしまった。あおいちゃんの天才的な掏摸の腕を、紗英さんは見抜けたのか？

「何かというのは？」

巡が紗英さんに訊いた。あおいちゃんの掏摸の才能は、ここにいる他の皆は知っているけど、一応内緒だ。

「わからないんです。スロー再生してもわからなかったんですけど、何かをしたような感じがして。もしももっと高性能な再生機器とかで奴らに観られていたら、それがわかって、ひょっとしてあおいさんにも何か迷惑が掛かったらどうしようかと思って」

やっぱり感じたのか。紗英さんは。

そういう人はいる、と、あおいちゃんも言っていた。自分が掏り取るときの気配みたいなものを感じ取れる人が。公太と泰造なんかも、見えないけど気配はわかるって言っていたものな。

「大丈夫ですよ」

カツヤが言った。

「この受け渡しのビデオを暴力団の連中が観たとしても、あおいちゃんの顔は正面からは映っていないから、ただのカワイイっぽい女の子としかわからないし、あれの部分も映らないしね」

「あれ、とは？」

脇田さんが言う。

「それは、ちょっと後で。今は何かをした、とだけ思っていてください」

巡が言うと、脇田さんも紗英さんも小さく頷いた。

「映らないとはどういうことだ？」

訊いたら、カツヤがニヤッと笑った。

「前にさ、試したんだよな。高性能カメラを借りたときに、あれを」

あおいちゃんも頷いた。

「秒間千フレームのハイスピードカメラなんだ。そして、その瞬間を、二万八五〇〇分の一秒フレームのムービーで再生したことがあるんだ」

「よくわからないけど、とんでもない高性能で映して、とんでもなくゆっくりな速度で再生できるってことだな？」

「そういうことです。それで撮ると、ライフルの弾丸《だんがん》の発射の瞬間だって捉えられるんだけど、発射したってことがわかるだけで弾丸そのものの姿は完全には見えない。そういうのであおいちゃんの、その、あれの瞬間を撮ってみたんだけど、それでもわからなかった」

「マジか！」

公太が叫んで、巡とあおいちゃん以外は驚いていた。俺もだ。そんな話は聞いてなかった。

「つまり、あおいちゃんの、あれは、弾丸よりも速いということなのかい」

浜本さんが訊くと、カツヤがちょっと首を捻りながら頷いた。

「科学的にも、それから医学？　人体の構造的にも考えられないことだけどさ。むしろ俺は速いっていうよりも、光学的に捉えられない動きなんじゃないかって」

「捉えられないとは、どういうことだ」

「カメラ使ってる人間なら、たぶん誰でも経験してることだと思うんだけど、動くものを撮っているとき、モニターと実際に動いているものの両方を視覚に捉えていると、あれ？って思う瞬間があるんだ。違和感みたいなもの。まったく同じ動きのものが二つ視界に入っているはずなのに、モニターと現実の動きに違和感がある瞬間。後から確認してもわからない」

「それが、あおいちゃんのあれの動きって話なのか」

「そう。どういう理屈かはわからないけど、カメラが光学的に捉えられない動きってものはきっとあるんだよ。速さだけじゃなくて。フレームの限界ってのかな」

だから、ってカツヤは両手を広げた。

「たぶん、このあおいちゃんの映ったビデオのことは心配しなくていいですよ。何をしたかなんてゼッタイに誰にもわからない」

すごいなあおいちゃん。

「よし」

公太が、ポン、と自分の腿《もも》の辺りを叩いた。

「ってことは、だ。ちょっと確認していいか？」

「いいぞ」

「まず、俺んところの元従業員だった裕は、間違いなくそこの組織で下っ端をやっているんですね？」

北村紗英さんに向かって言うと、紗英さんは一度脇田さんを見て、脇田さんが頷くのを見てそれから同じように頷いた。

「確かに〈ユタカ〉と呼ばれていたと思います。自分もユタカだと言っていました」

紗英さんが言う。

「間違いないでしょう。彼が、現金の入った袋を運んでくるのを、私は見たことがあります」

脇田さんだ。

「その現金そのものを？　袋に入っていたから現金だと思ったんじゃなくて、はっきりとお金を見ました？」

公太の口調がいつものじゃなくて、何て言うか、弁護士っぽい。

まだ全然弁護士のべの字にも近づいていないんだが、最近は知り合いの弁護士事務所でバイトしているせいだろうか。

脇田さんが、顔を少し顰めた。

「そう言われると、私自身は現金そのものを見たことはありません。見ようとはしなかったというのが正解かもしれませんが、中身は現金だと、札束だと言われたことは何度もあります」

素直な口調で言う。

脇田さんは、震災の被害に遭ったそうだ。正確には家族が。

彼だけがそのときに出張に行っていて被害に遭わなかった。けれども、家族が全員、死んでしまった。それを確認した。

それから先の記憶があまりないそうだ。おぼろげになっていると。

そのせいなのか、今の今まで、自分が何をしているかもはっきりと自覚していなかった。医学的にどう言うのかわからないけど、あまりにも辛過ぎた現実から逃げていたんだろう。そう言うしかない。

その気持ちは、理解できる。あまりにも強い悲しみと喪失感。震災の被害の酷《ひど》さ。そういうもので、この人の精神はズタズタになってしまっていたんだ。何故家族が全員死んでしまったのか、何故自分だけが生き残ってしまったのか。

あるいは、これは話を聞いたときに俺が思っただけのことだが、出張中に仕事だけじゃなくて実は何か自分だけの楽しみを見つけて、エンジョイしていたんじゃないか。そのせいで帰るのが遅れたんじゃないか。その負い目《おめ》が、ここまで彼を追いつめたんじゃないかって、想像した。ま、それは俺の勝手な想像だ。

それが、親友だったあおいちゃんのお父さんと会ったことで、本人が言うには霧が晴れるように、霞が消えていくように、はっきりしてきた。

会って、あおいちゃんのところで一晩過ごして、今まで自分が何をしてきたのか、どうやって生きてきたのかは認識できているそうだ。

「なるほど」

公太が頷く。

「つまり、脇田さんは何をさせられているかを自分でははっきりと認識していない、わからない状態で、しかも現金さえも確認していなかった」

ふむ、と顎を撫でた。

「どうだ巡。逮捕はできるか?」

公太に訊かれて、巡は首を傾げた。

「これが正式な捜査と仮定するのなら、事情聴取した後は責任能力の有無云々ということになってくるだろうけど、少なくとも今の段階で逮捕はできないな。脇田さんのしていたことは、実質上金の受け渡し現場を撮影していただけのことだ。罪があるとしても、軽微だ」

「北村さんもだよな。言ってみりゃあの部屋に住まわされて、軟禁って言い方もできるかもな。それで単純に暴力団の男に巻き込まれた被害者である、という判断も現段階ではできるぞ」

巡が頷いた。

「微妙なところもあるけれど、そういう見方もできる。これが裁判になったとしたら、弁護士ならそう言うかもしれないね」

巡が言って、俺も頷いた。紗英さんという女性は、間違いなく悪人じゃない。

杉山という、脇田さんや楢島さんと同じ大学だった男に、その後に暴力団の幹部にまでなった男に騙されて、いや本人が言うには恋人だったたって話だけど、それもまぁ男と女の話だから微妙なところだ。そういう関係だったのは間違いないだろうが。

そいつが、紗英さんの名前でマンションを買った。それだってひょっとしたら杉山が真剣に紗英さんとの愛の巣にするためにということで買ったのかもしれない。そこを、杉山の死後に暴力団の連中がアジトとして使い始めた。それだけの話かもしれないんだ。だとしたら、紗英さんが何も言えないのをいいことにした、無理やりって話だ。まぁ紗英さんに一切危害を加えていないってのは、どこか紳士的ではあるけれど、死んだ杉山って男はそれだけ舎弟《しゃてい》たちに好かれていたのかもしれない。

何よりも、紗英さんは助けを求めてきたんだ。偶然出会えた楢島さんに。

脇田さんを助けてあげてほしいと。

そこは、彼女を無事に、安全に元の普通の生活に戻してあげなきゃならないだろうってことだ。

「北村さん」

浜本さんが呼びかけた。

「はい」

「確認だがね、あなたはもうあのマンションを出たいと思っている。つまり、今のように雁道組の隠れ蓑になっているようなことは、やめたいと。普通の生活に戻りたいと思っているんだね？」

浜本さんに訊かれて、紗英さんは一度口元を引き締めてから、頷いた。

「私も、きっと脇田さんと同じだったんだと思います。あの人が突然死んでしまってから今までずっと、自分が何をしているのか、そこから眼を逸《そ》らしたまま、ただ生きてきたんです」

そう言って、大きく息を吐いた。

「あの人への思いは別です。そもそもあの人は、私を一切そういうことには近づけませんでした。だから、二度と悪事に加担するような暮らしはしたくありません」

「あのマンションは」

あおいちゃんだ。

「そういうふうに使おうなんて、きっとその人は、杉山さんは、思っていなかったんじゃないですか？」

少しだけ驚いたふうに、紗英さんはあおいちゃんを見た。それから、頷いた。

「そう思います。あの人は、私とそこで静かに暮らすことを望んでいたはずです」

「今、こんなふうに言うのはなんだが」

楢島さんだ。

「私が知っている杉山は、確かに浮ついた軽いところはあったが、暴力団の幹部になるような男じゃなかった。実際、杉山は被災地へボランティアにも行っていたんだな？　そこで脇田とも再会した。脇田を助けようと思ってこの街へ連れてきたんだろう。何よりも、彼が死んだ原因というのは子供を交通事故から救おうとしたからだって話だ」

その話は、北村さんから聞いた。

「いい奴だったんだ。暴力団員になったことは別にして。子供や弱者に優しい男だったんだ」

楢島さんの言葉に、脇田さんも、そして紗英さんも頷いた。

「オッケー」

公太がぽん、と手を叩いた。

「そこんところだけ確認できりゃあ、後は話を進められるだろう。裕に関しちゃ残念だが犯罪者確定だ。早いとこ取っ捕《つか》まえて更生させてやらなきゃならんけど、このお二人に関しちゃ今のままでいいよな巡。この他に搾取されているそのケイの友達のベトナムの女の子たちの話もあるんだろう？　そこの根っこに暴力団がいるんだろ？　その向こうにまた悪いことをしてるお偉いさんがいるって話だろ？　こっそりやらなきゃ、お前が警察官として動いたらまずいことになるかもしれないんだろ？」

「そこは、確定していない」

浜本さんだ。

「あくまでも、さくらさんの感触だ」

「でも浜本さん。さくらさんがそんなふうに言うんだったら、もう確実だろ。あの人が言うんだったらほとんど百パー間違いねぇよ」

市長と暴力団が繋がっているかもしれないっていう話だ。本当だったらとんでもないんだが。

「確かにな」

浜本さんも、少し顔を顰めながら頷いた。さくらさんにも同席してもらった方がよかったのかもしれないけど、手術をした後の老人に、いや浜本さんもかなりご高齢なんだが、無理はさせられない。

巡が口元を引き締めた。

「さくらさんの話が本当なら、警察は動く。でも」

「証拠がないんだよな。だから、ムリだろ？　別に責めてるわけじゃなくて、捜査を開始することもできないだろ」

「できない」

巡が悔しそうに言った。

「市長の汚職となると、それ相応の証拠なり確証なりを摑《つか》まなきゃ上に言うことすらできない」

「この段階でご注進《ちゅうしん》したって揉《も》み消されたりするだけだろ。市長がそんなことやってるってことは、こっちの警察署の内部にだって誰かいるんじゃないのか。汚職の協力者が」

公太が言うと、浜本さんが頷いた。

「考えられるな。動くのならよほど慎重にやらねば、下手すれば巡くんがどこかまったく知らないところに飛ばされる可能性も出てくる」

「あおいちゃんが泣くぜ」

「泣きはしませんけど、怒ります」

あおいちゃんが怒ったらかなり恐そうだけど。

「あいつは、どうなんだ巡。同期の、この間の柳くんだったか？」

監察だかどっかだかにいるという彼。そう言ったら、巡は首を捻った。

「あいつはもう本部にいるからね」

「あてにはできないのか」

「できないわけじゃない。連絡も、今は取ろうと思えば個人的に取れる。でもたかが地方の市長さんの汚職とは言っても、暴力団も同時に相手にするのはあいつ一人じゃ無理だ。チームとして動かなきゃならないし、そうなったら」

「同じこったよな」

公太だ。

「さっきも言った台詞そのまんまだ。〈それ相応の証拠なり確証なり〉を摑まなきゃ無理だわな」

「そういうことだ。ただ、僕が動けないと言ってるわけじゃない。正式な捜査ができなくても、交番勤務の警察官として不審なものを調べることはできる。市民からの通報なりなんなりがあれば、だ」

「まず立ち入って、事情を訊くことはできるよな。交番のお巡りさんとして」

「そうだ」

そこから、か。

「ケイの、ランちゃんだったな？」

「そう」

訊いたらケイじゃなくてカツヤが答えて、ケイが頷いた。

「ひどい状態で雇われて搾取されているのはおそらく間違いないところなんだろうな」

「間違いないね」

「そこは、どうでしょう。書類関係の証拠さえあれば楢島さんの部署で彼女たちを救うことはできますか？」

公太に訊かれて、楢島さんは少し首を捻った。あおいちゃんはあんまりお父さんに似ていない。お母さん似らしいね。

「私たちにはもちろん捜査権なんかないんだ。なので介入するのは難しいけれど、書類としての証拠さえあれば、ふさわしい組織を紹介するよ。そこから書類を元に彼女たちを雇っている会社に勧告することはできる。詐欺や不法な搾取の証拠があるならば、それを然《しか》るべきところに提出して捜査をお願いすることもできる。それに」

ケイを見た。

「市の方でそういういろんな被害に遭って暮らしや住むところに困っている人たちを一時保護して、安全に暮らすことができる施設があるんだ。一定期間だけど市の予算、保護費というもので暮らすこともできる。だから市として、彼女たちの生活を守ることは、あくまでも一定期間だけどできる」

ケイが、こくん、と頷いた。

「教えたら、きっと安心する」

「保護してもらうのはいいとして」

楢島さんは真面目できちんとした人だ。それはあおいちゃんを知っていればよくわかるから安心だ。

「でも、楢島さんがそういうふうにしたとしても、市長からの横槍が入るかもしれない。暴力団が陰で楢島さんに危害を加えるかもしれない、ってことはありますね。そこんところはいくら巡が警戒したところで限界がある」

「バレちゃあ元も子もないから、いくら元々武闘派の暴力団だっていきなり市職員にそんなことはしないだろうけどさ」

公太だ。

「まぁバレそうだってんで、もしくはチクられたってんで報復で事故に見せかけて楢島さんを病院送りにすることぐらいは簡単にやるよな。だから、その雁遁組を何とかしないことにはどうしようもねぇんだ。巡、どうするよ？　あくまでも正攻法で、まずは証拠固めからするか？　時間は掛かるだろうけどよ」

巡が頷いた。

「ベトナムの女の子たちの件は、彼女たちを雇っているのは表向きは合法的な会社だろうから、外国人労働者問題に詳しい弁護士を立ててやっていくしかないと思う。むしろその方がいい。今の段階では警察なんかよりもずっと役に立つだろうし、裏にいる暴力団だって弁護士を立てて正攻法で来られた方がいやなんだ」

「しかし」

浜本さんだ。

「その通りだが、雁遁組という根を断たんと、少なくとも詐欺かランちゃんの件のどちらかで幹部クラスの逮捕まで行かなければ、いつまで経ってもいたちごっこになるだろうな。脇田さんや北村さんだって、関係を断たなければならないんだ。安心して過ごすためにはそうしなければ」

「その通りなんだけどさ、結局は結論として動かぬ証拠がすぐに必要なんだよな。下手に動いて、楢島さんやランちゃんたちの身が危うくなったらおじゃんだ。脇田さんと紗英さん、それにランちゃんたちを全員同時に救わなきゃな」

公太が言って、皆で唸ってしまった。

考え込んだ。単純だが、難しい。

「あの」

あおいちゃんだ。

「話の中でずっと気になっていたんですけど」

「なんだい?」

「脇田さん」

「はい」

「暴力団の人たちが詐欺で集めてきたお金って、あのマンションの部屋にはもうないんですか?」

お金?

「暴力団の人たちが、オレオレ詐欺をして集めてきたお金って、わざわざあのマンションに持ってきてるってことは、そこにプールしておいて後からきれいにするためにどこかへ持っていくのかなって思ったんですけど。何よりも、あそこは契約上からも一般人の住居で、セキュリティもしっかりしているから、大量の現金を一時的に保管しておくのにはいちばん安全かなって」

巡が眼を大きくさせた。

脇田さんと紗英さんが、顔を見合わせた。

「私はわかりませんけど」

「確かに、置いてあります」

脇田さんが慌てたように言った。

「私が寝泊まりしている部屋のクローゼットに、小さな段ボール箱ぐらいの書類ケースがたくさん積んでありますｃ。いつも持ってきた紙袋をそのケースに入れておきます」

「そのケースを運び出すのは？」

巡が訊いた。

「私の役目ではありません。男たちが数人やってきて中身の整理をして、たぶん金勘《かん》定《じょう》をしているんでしょうが、その後にバッグか何かに入れ替えて持っていきます」

「そのときには」

紗英さんが何か思い出したように続けた。

「いつも、彼らはサラリーマンのようなスーツ姿でやってきます」

サラリーマン姿か。会社員のような姿の男がマンションからビジネスバッグを持って出てきても、何の違和感もないってことか。

「頻度《ひんど》は？　金を持ってくる人間と、回収する男たちがやってくるのは週に何回とか、月に何回とか」

また二人で顔を見合わせた。

「お金を持ってくる人間は、少なくとも十人ぐらいはいると思います。持ってくるのはバラバラで規則性はないと思います」

紗英さんが言うと、脇田さんが同意した。

「私も、そんな感じで覚えています。回収するときには一緒に来ますね。多いときで七、八人ですか」

「脇田さんは覚えていないかもしれませんが、その持ってくる人間と回収する人間は明らかに違いますか？　つまり、持ってくるのは下っ端、回収するのは上の人間という違いが明確でしたか？」

巡が少し勢い込んで訊くと、紗英さんは大きく頷いた。

「私は覚えてます。その通りです。持ってくるのは、ユタカくんのような若い子ばかりです。でも、後から来るのは大人の」

一度言葉を切った。それからはっきりとした口調で言った。

「間違いなく、暴力団の上の方の人たちです。私にはそれがわかります。そういう人種です」

巡が、その眼で紗英さんを見つめていた。あの眼は、わかる。あいつがあの眼をしているときは、マジだ。そう、巡もあおいちゃんも似た者同士ってのは俺はよく知ってるんだが、そのひとつがあの眼だ。あおいちゃんも、掏摸をするときにはああいう眼の光になる。

「わかりました。間違いなく、多くの現金が今もあの部屋にあるんですね？」

「あるはずです。いや、あります」

脇田さんが言う。

「いつも、集まってしばらく間を空けてから取りに来ます。来るときには連絡が入ります。この間、また連絡すると言ってから一週間ほどが過ぎていますから、あと三週間の内には必ず来るはずです」

「回収の連絡は？　脇田さんの携帯にですか？」

「そうです」

「連絡が入らなければ、誰も寄りつかない？」

「ほとんど来ません。私と、紗英さんだけです」

「部屋の鍵を持っているのも、二人だけですね？　入ってくるときに鍵を開けてやるんですか？」

「そうです。オートロックの暗証番号は知っているので、部屋の鍵を開けておけば勝手に入ってきます」

そう言って二人で頷いた。巡が考え込んだ。何となく考えていることはわかるが。

「宇田巡査」

浜本さんにそう呼ばれて、巡が反射的に背筋を伸ばすように反応した。

「はい」

「そこが、好機だな」

「そう思います」

「しかし、このままその回収の現場を押さえてほしいと署に報告して任せられるか？　警察内部に雁道組や市長と結びついた者がいないと断言できるかね」

巡が顔を顰めたので、浜本さんは続けた。

「ひとつ、今思いついたことがあるのだが」

そう言って、浜本さんは、カツヤとケイを見た。一瞬、オレ？　という顔をしたカツヤとケイが、すぐに反応した。

「あー、わかった」

言いながらカツヤが指を鳴らす。

「脇田さん、その現金が置いてある部屋って、当然だけど窓あるよね？」

「窓？」

「そう、窓」

脇田さんが、眼を細める。

「もちろん、あるが」

「カーテンは？」

脇田さんが首を軽く横に振った。

「ブラインドだね。最上階で周りには何もないから、寝るときも開けっ放しだ。あそこで寝るのは私だけで、気にならないから」

「じゃあ、バッチリ。カメラもマイクも用意できるよ」

「そうか！」

公太が手を叩いた。

「ドローンか！　ドローン飛ばして奴らが金を整理してるところを押さえて、それこそ動かぬ証拠にしようってことか？」

公太が言って、浜本さんが頷いた。

「しかし、それは警察として動くなら間違いなくまずい方法だ。ここから先は宇田くんは話を聞かない方がいいのじゃないか。我々が、民間人として詐欺の証拠を押さえたということにしなければ」

「いや」

巡が人差し指を立てた。

「待ってください。脇田さんと紗英さんの話を聞いてから、ずっと引っ掛かっていたことがあるんです。そこを確認できれば、ギリギリ大丈夫です」

「何が引っ掛かってたんだ」

訊いたら、巡が大きく頷いた。

「管理人だよ」

「管理人？　マンションのか？」

そう、って続けた。

「あの部屋には間違いなく暴力団の連中がたくさん出入りしているはずなのに、僕が確認しに行ったときにあの管理人は何も言わなかった。そんな人たちの出入りは、あの部屋にはない、とはっきり断言していた。そしてわざわざ監視カメラの映像まで見せてくれた。たぶん、暴力団の連中が出入りしているところは全部消しているんだろう」

「ってことは、管理人も仲間か！　雁遁組の！」

「いやでも、管理会社が身元保証しただろ？　確かあのときは」

「だからだよ」

巡が言う。

「管理会社はちゃんとしたところだ。雇われたあの管理人も普通の一般の人だろう。考えられるのは暴力団に脅されているか、あるいはバイト感覚で金を貰ってやっているかどちらかだ。僕の感触では単なるバイトだ。だから、彼の証言を得たなら動かぬ証拠として柳に伝えられる」

「柳は動いてくれるのか？」

巡が頷いた。

「管理人の証言に脇田さんと紗英さんの証言。それにカツヤとケイが調べたこと。さらに、その現場の証拠もついてくるとなれば証拠としてはお釣りが来るほどだよ。充分過ぎる。何よりも自分の手柄になる事件は出世したい彼の大好物だよ。ましてや市長の汚職がおまけについてくるかも、となればね」

「じゃあ、こうか？」

公太だ。

「まずは管理人を締め上げる。それで証言を取ったら全部柳に教える。柳にメンツを集めてもらって、奴らがマンションにやってくるのを待つ。当日はドローンでしっかり映像を押さえてそれをその場で見て柳たちに踏み込んでもらうって感じか」

「ざっくり言えば、そうかな」

それで行けるか。

いや、待てよ。

「巡。もうひとつ、俺も今思いついたんだが」

「何を？」

「仕上げに、ちょうどいいんじゃないかっていう作戦を」

# 二十二　宇田巡　巡査

「買っちまったってのかい」

「そうなんです」

あおいちゃんが恥ずかしそうに笑って頷いた。

「そのマンションをかい」

「はい」

なんとまぁ、ってさくらさんは笑った。

引っ越しをする前にきちんとさくらさんに報告をしなきゃならない、と、あおいちゃんと二人で来たんだ。

さくらさんに会うのは僕は久しぶりだったんだけど、一回り小さくなってしまったみたいだった。やっぱりご老体に手術というのは、思っている以上に気力や体力を削ってしまうんだなと改めて思う。

でも、眼にも話す声にも力がある。頭も身体もまだちゃんとしている証拠だ。僕の祖父、あおいちゃんのお祖母さんとさくらさんの縁は深い。まだまだ元気でいてほしいと心の底から思う。

「それで、結婚前にもう同棲《どうせい》するのかい。よくご両親が許したね」

いえいえいえ、と二人で手を振ってしまった。

「正式に引っ越しして住むのは、まずは僕だけです」

「あおいは？」

「私は、自分の仕事部屋として使います。暮らす家はもちろん結婚するまでは実家というか、自宅です」

「なるほどね」

そういうことかい、ってさくらさんは笑う。

「仕事部屋は、探そうとはずっと思っていたんですよ。独り立ちもしたかったたし、アシスタントさんを使うとなったらそもそも自宅では無理なので」

「そりゃそうさね」

「でも、将来を考えたら、巡さんと」

「結婚だよねぇ。新居だよね二人の。まさか、あの寺の隅っこの庵に二人で住むわけにもいかないしね」

頷いた。そもそもあそこは単身者用と決められている。まぁそれもあくまでも今までは、の話だけれど。

「それで、あのマンションを買えばちょうどいいんじゃないかと、行成がいきなり言い出しまして」

あのときはびっくりした。

何を言い出すかと思ったら、いきなりあそこのマンションの最上階の部屋を、紗英さんの部屋を買えばいいんじゃないかと。

「あれだろうね。その紗英さんとやらも、何もかも整理して新しい生活へ踏み出したかったんだろ？　暴力団の男から買ってもらった部屋も出て、自分の過去とは決別してさ。そういうのを副住職の坊さんはさっさと見抜いて、提案してきたってことだろう」

そういうことなんだ。

「その場で、まだ事件の解決も何もしていないのに、それはいい、と話がまとまってしまったんです。あおいちゃんと紗英さんとの間で」

二人とも自分たちで話を進めていったのに、自分たちでも驚いていた。そうすることがいちばんいいんじゃないかって自然に思えてしまったと。

「契約とかは、何も問題なかったんだろうね」

「まったく問題なかったです。そもそもの売買は普通に、正常の手続きで行われていて現金で全部支払われていたんです。部屋そのものは、何の問題もなく紗英さんのものだったので」

「なので、きちんと不動産会社を通して、私と紗英さんの間で売買しました。私の貯金と巡さんの貯金を合わせて頭金にして、あとはローンで支払うってことで」

「まぁこれからのあおいの稼ぎならあっという間にローンも払えるだろうさ。じゃあ、なにかい？　ひょっとしてすぐに話を進めて、刑事さんたちが踏み込んだときには、あの部屋はもうあおいのものになっていたってことかい？」

「そうなんです。奴らの罪状に住居不法侵入もおまけに付けられるんじゃないかと冗談で言ってました」

三人で笑った。いや、笑ってはいけないんだけれど。

「雁遁組は潰せたんだろうけど、癒着とかはどうなったい。まだ全容解明には時間が掛かりそうかい」

「そうですね。もう少し時間が必要で、表に出ないかもしれません。ただ確実に証拠は摑んでいるので大丈夫です」

柳なら間違いなく確実に処理してくれるので安心はしている。

「まぁ市長や警察内部がツルんだとなれば表沙汰にはならないさね。根っこを引き抜ければ充分だよ。カツヤとケイが関わったってのも、問題なかったんだろう？」

「大丈夫です」

ドローンを使って撮影したのは、もちろん柳も承知の上だったので捜査上の秘密にしてもらった。捜査協力をしたんだから感謝状を出したいぐらいだったけど、そんなものはいらないと言うに決まっている。

「ベトナムの女の子たちも、公太の知り合いの弁護士さんと、あおいちゃんのお父さんのお陰で何とか決着をつけられました。今までの給金もちゃんと計算して支払われますし、そもそも雇っていた会社を変えました」

「前の会社は？　潰したのかい」

「そうなりますね。経営者を逮捕しましたから」

「ランちゃんたちには少しの間ですけど、あのマンションに住んでもらったんですよ。新しい寮が決まるまで。喜んでもらえました」

そりゃあいい考えだった、ってさくらさんも微笑んだ。

「けど、そうなるといくら仕事部屋っても二人で買ったマンションで過ごすんだ。あおいの家に、きちんと結婚の挨拶はしたのかい」

「それはもちろんです」

交際していることはもちろん承知してもらっていたけれど、改めて結婚を前提に交際していると。

「時期は、二十歳になるのを待ってからになると思いますけど」

そうだよねぇ、ってさくらさんが頷いた。

「あおいはまだ二十歳前の女の子だもんね。よくお父さんが許したよね」

「それは」

あおいちゃんと二人で苦笑いしてしまった。

「お母さんはもう全然大賛成だったんですけど、お父さんは、お祖母ちゃんから受け継いだ掏摸の腕のことを知ってからはもうずっと心配していて」

「お巡りさんと結婚するならもう絶対にやらないだろうってかい」

「そういうことみたいです」

そんなことないだろうねぇ、ってさくらさんが大笑いした。

「あぁ、それで、お父さんの友達は、脇田さんとやらはどうだい。立ち直れそうかい」

「もう少し時間は掛かりそうですけど」

記憶はすべて戻った。いや、そもそも記憶喪失ではなかったのだから、その表現も当てはまらないのだけど。

「紗英さんも一緒に、司法取引というのは大げさですけど、そういうふうに柳に取り計らってもらって、二人には何の微罪すらもないようにしてもらいました。脇田さんは、今は、あおいちゃんの家に間借りして市役所でアルバイトをしています」

故郷の町に帰るために。

家族をきちんと弔《とむら》い、きちんとあの町で生きていくために。

「そうかい。紗英さんとやらは、どうしたんだい」

紗英さんは。

あおいちゃんが言った。

「脇田さんと一緒にいてくれるのかな、と私たちは思っていたんですけど」

「どこかへ行ってしまったかい」

「東京です。連絡先はわかってるし、住所もわかってます。でも、一人で行ってしまったんです。実はお金も預かっているんです」

「お金？」

マンションを売ったお金の一部だ。そんなに大金ではないのだけど。

「脇田さんへ渡してほしいって。迷惑を掛けたと言って。死んでしまった杉山さんは紗英さんの恋人だったわけで、その杉山さんが脇田さんをああいうことに引きずり込んだのだからって。お詫びにって言って」

脇田さんが人生を建て直すことに使ってほしいと言っていた。

「一応、僕が預かっています。脇田さんが故郷に帰るときに渡そうと思っています」

さくらさんは、少し唇を曲げて頷いた。

「そうかい。まぁ、そういうことになるかね。あれだよ。お節介かもしれないけど、あんたらがそう思うのなら、そのときに紗英さんの住所や連絡先をきちんと渡してあげなよ」

「そうしようと思ってます」

本当にお節介かもしれないし、それでどうにかなるとも思ってはいないけれど、紗英さんが脇田さんを本当の意味で助けたいと思っていたのは事実だ。

その思いが、今回の事件を解決に導いたのだから。

「ついでにあんたたちに新居ができたのも、ある意味じゃあその紗英さんのお陰だろうしね。結婚前に。今後はお歳暮《せいぼ》とか送らなきゃならないよ」

二人で笑った。

「確かにそうですね」

（この作品『夏服を着た恋人たち　マイ・ディア・ポリスマン』
は令和元年十月、小社より単行本として刊行されたものです）

一〇〇字書評

切り取り線

**購買動機**（新聞、雑誌名を記入するか、あるいは○をつけてください）

□（　　　　　　　　　　　　）の広告を見て
□（　　　　　　　　　　　　）の書評を見て
□ 知人のすすめで　　　　□ タイトルに惹かれて
□ カバーが良かったから　□ 内容が面白そうだから
□ 好きな作家だから　　　□ 好きな分野の本だから

・最近、最も感銘を受けた作品名をお書き下さい

・あなたのお好きな作家名をお書き下さい

・その他、ご要望がありましたらお書き下さい

| 住所 | 〒 | | | | |
|---|---|---|---|---|---|
| 氏名 | | 職業 | | 年齢 | |
| Eメール | ※携帯には配信できません | 新刊情報等のメール配信を<br>希望する・しない | | | |

この本の感想を、編集部までお寄せいただけたらありがたく存じます。今後の企画の参考にさせていただきます。Eメールでも結構です。

いただいた「一〇〇字書評」は、新聞・雑誌等に紹介させていただくことがあります。その場合はお礼として特製図書カードを差し上げます。

前ページの原稿用紙に書評をお書きの上、切り取り、左記までお送り下さい。宛先の住所は不要です。

なお、ご記入いただいたお名前、ご住所等は、書評紹介の事前了解、謝礼のお届けのためだけに利用し、そのほかの目的のために利用することはありません。

〒一〇一－八七〇一
祥伝社文庫編集長　清水寿明
電話　〇三（三二六五）二〇八〇

祥伝社ホームページの「ブックレビュー」からも、書き込めます。
www.shodensha.co.jp/bookreview

祥伝社文庫

夏服《なつふく》を着《き》た恋人《こいびと》たち　マイ・ディア・ポリスマン

令和 3 年 8 月 20 日　初版第 1 刷発行

著　者　小路《しょうじ》　幸也《ゆきや》
発行者　辻　浩明
発行所　祥伝社《しょうでんしゃ》
東京都千代田区神田神保町 3-3
〒 101-8701
電話　03（3265）2081（販売部）
電話　03（3265）2080（編集部）
電話　03（3265）3622（業務部）
www.shodensha.co.jp

印刷所　堀内印刷
製本所　ナショナル製本
カバーフォーマットデザイン　芥　陽子

本書の無断複写は著作権法上での例外を除き禁じられています。また、代行業者など購入者以外の第三者による電子データ化及び電子書籍化は、たとえ個人や家庭内での利用でも著作権法違反です。
造本には十分注意しておりますが、万一、落丁・乱丁などの不良品がありましたら、「業務部」あてにお送り下さい。送料小社負担にてお取り替えいたします。ただし、古書店で購入されたものについてはお取り替え出来ません。

Printed in Japan ©2021, Yukiya Shoji　ISBN978-4-396-34747-5 C0193

# 祥伝社文庫の好評既刊

小路幸也

**うたうひと**

仲違《たが》い中のデュオ、母親に勘当されたドラマー、盲目のピアニスト……。温かい歌《ストーリー》が聴こえる傑作小説集。

小路幸也

**さくらの丘で**

今年もあの桜は美しく咲いていますか――遺言により孫娘に引き継がれた西洋館。亡き祖母が託した思いとは？

小路幸也

**娘の結婚**

娘の結婚相手の母親と、亡き妻との間には確執があった？　娘の幸せをめぐる、男親の静かな葛藤と奮闘の物語。

小路幸也

**アシタノユキカタ**

元高校教師の〈片原修一〉のもとに現れたキャバ嬢と小学生の女の子。札幌から熊本まで三人は旅をすることに。

小路幸也

**マイ・ディア・ポリスマン**

超一流のカンを持つお巡りさん・宇田巡が出会った女子高生にはある特殊能力が。ハートフルミステリー第一弾！

小路幸也

**春は始まりのうた**

マイ・ディア・ポリスマン

スゴ技を持つ美少女マンガ家は、恋人のお巡りさんを見張る不審な男に気づく。謎多き交番ミステリー第二弾！

# 祥伝社文庫の好評既刊

石持浅海

**扉は閉ざされたまま**

完璧な犯行のはずだった。それなのに彼女は——。開かない扉を前に、息詰まる頭脳戦が始まった……。

石持浅海

**Rのつく月には気をつけよう**

大学時代の仲間が集まる飲み会は、今夜も酒と肴《さかな》と恋の話で大盛り上がり。今回のゲストは……!?

石持浅海

**君の望む死に方**

「再読してなお面白い、一級品のミステリー」——作家・大倉崇裕《おおくらたかひろ》氏に最高の称号を贈られた傑作!

石持浅海

**彼女が追ってくる**

かつての親友を殺した夏子《なつこ》。証拠隠滅は完璧。だが碓氷《うすい》優佳《ゆか》は、死者が残したメッセージを見逃さなかった。

石持浅海

**わたしたちが少女と呼ばれていた頃**

教室は秘密と謎だらけ。少女と大人の間を揺れ動きながら成長していく。名探偵碓氷優佳の原点を描く学園ミステリー。

泉　ハナ

外資系オタク秘書

**ハセガワノブコの華麗なる日常**

恋愛も結婚も眼中にナシ!「人生のすべてをオタクな生活に捧げる」ノブコの胸アツ、時々バトルな日々!

# 祥伝社文庫の好評既刊

泉 ハナ
外資系オタク秘書
**ハセガワノブコの仁義なき戦い**
恋愛・結婚・出世……華麗なるオタク生活に降りかかる〝人生の選択〟。ノブコは試練を乗り越えられるのか!?

泉 ハナ
外資系秘書ノブコの
**オタク帝国の逆襲**
愛するアニメのスピンオフ映画化が資金面で難航している。それを知ったノブコは……共感&感動必至の猛烈オタ活動!!

小野寺史宜
**ホケツ!**
一度も公式戦に出場したことのない大《だい》地《ち》は伯母さんに一つ嘘をついていた。自分だけのポジションを探し出す物語。

小野寺史宜
**家族のシナリオ**
余命半年の恩人を看取る——元女優の母の宣言に〝普通だったはず〟の一家が揺れる。家族と少年の成長物語。

垣谷美雨
**子育てはもう卒業します**
就職、結婚、出産、嫁姑問題、子供の進路……ずっと誰かのために生きてきた女性たちの新たな出発を描く物語。

加藤千恵
**映画じゃない日々**
一編の映画を通して、戸惑《とまど》い、嫉妬、希望……不器用に揺れ動く、それぞれの感情を綴《つづ》った八つの切ない物語。

## 祥伝社文庫の好評既刊

**加藤千恵　いつか終わる曲**

うまくいかない恋、孤独な夜、離れてしまった友達……。〝あの頃〟が痛いほどに蘇る、名曲と共に紡ぐ作品集。

**小手鞠るい　ロング・ウェイ**

人生は涙と笑い、光と陰に彩られた長い道のり。時と共に移ろいゆく愛の形を描いた切ない恋愛小説。

**近藤史恵　スーツケースの半分は**

あなたの旅に、幸多かれ——青いスーツケースが運ぶ〝新しい私〟との出会い。心にふわっと風が吹く幸せつなぐ物語。

**近藤史恵　新装版　カナリヤは眠れない**

彼女が買い物をやめられない理由とは？　身体の声が聞こえる整体師・合田力が謎を解くミステリー第一弾。

**近藤史恵　新装版　茨姫《いばらひめ》はたたかう**

臆病な書店員に忍び寄るストーカーの素顔とは？　迷える背中をそっと押す、整体師探偵・合田力シリーズ第二弾。

**近藤史恵　新装版　Shelter《シェルター》**

殺されると怯える少女——秘密を抱える姉妹の再出発の物語。心のコリをほぐす整体師探偵・合田力シリーズ第三弾。

## 祥伝社文庫の好評既刊

坂井希久子
**泣いたらアカンで通天閣**
大阪、新世界の「ラーメン味《み》よし」。放蕩《ほうとう》親父ゲンコとしっかり者の一人娘センコ。下町の涙と笑いの家族小説。

坂井希久子
**虹猫喫茶店**
「お猫様」至上主義の喫茶店にはワケあり客が集う。人生、こんなはずじゃなかったというあなたに捧げる書。

白河三兎
**ふたえ**
「ひとりぼっちでいることは、青春の無駄遣いですか？」切ない驚きがあなたを包み込む、修学旅行を巡る物語。

白河三兎
**他に好きな人がいるから**
君が最初で最後――。白兎の被り物をした少女と、彼女のカメラマンを引き受けてしまった僕の、切ない初恋物語。

瀧羽麻子
**ふたり姉妹《しまい》**
東京で働く姉の突然の帰省で姉妹の確執が⁉　正反対の二人がお互いと自分を見つめ直す、ひと夏の物語。

中田永一
**百瀬、こっちを向いて。**
「こんなに苦しい気持ちは、知らなければよかった……！」恋愛の持つ切なさすべてが込められた小説集。

# 祥伝社文庫の好評既刊

中田永一
**吉祥寺の朝日奈くん**
切なさとおかしみが交叉《こうさ》するミステリ的表題作など、恋愛の〝永遠と一瞬〟がギュッとつまった新感覚な恋物語集。

中田永一
**私は存在が空気**
存在感を消した少女は恋を知り、引きこもり少年は瞬間移動で大切な人を救う。小さな能力者たちの、切ない恋。

東川篤哉
**ライオンの棲《す》む街**
平塚おんな探偵の事件簿1
〝美しき猛獣〟こと名探偵・エルザ×地味すぎる助手・美伽《みか》。地元の刑事も恐れる最強タッグの本格推理！

東川篤哉
**ライオンの歌が聞こえる**
平塚おんな探偵の事件簿2
湘南の片隅でライオンのような名探偵エルザと助手のエルザの本格推理が光る、ガールズ探偵ミステリー第二弾！

東川篤哉
**ライオンは仔猫に夢中**
平塚おんな探偵の事件簿3
金髪、タメ口、礼儀知らずの女探偵。でも謎解きだけ(?)は一流です。型破りなガールズ探偵シリーズ第三弾！

森見登美彦
**新釈 走れメロス** 他四篇
お馴染みの名篇が全く新しく生まれ変わった！　馬鹿馬鹿しくも美しい、青春の求道《ぐどう》者たちの行き着く末は？

# 〈祥伝社文庫　今月の新刊〉

**江上　剛**
庶務行員　**多加賀《たかが》主水《もんど》の凍《い》てつく夜**
雪の夜に封印された、郵政民営化を巡る闇。一個の行員章が、時を経て主水に訴えかける。

**小路幸也**
**夏服を着た恋人たち**
マイ・ディア・ポリスマン
マンション最上階に暴力団事務所が!?　元捜査一課の警察官×天才掏摸の孫が平和を守る!

**数多久遠**
**ルーシ・コネクション**
青年外交官　芦沢行人《あしざわゆきと》
ウクライナで仕掛けた罠で北方領土が動く!?　著者新境地、渾身の国際諜報サスペンス!

**安東能明**
**聖域捜査**
いじめ、認知症、贋札……理不尽な現代社会、警察内部の無益な対立を抉る珠玉の警察小説。

**柏木伸介**
**バッドルーザー**　警部補　剣崎恭弥
生活保護受給者を狙った連続殺人が発生。貧困が招いた数々の罪に剣崎が立ち向かう!

**樋口明雄**
**ストレイドッグス**
昭和四十年、米軍基地の街。かつての仲間たちが暴力の応酬の果てに見たものは——。

**あさのあつこ**
**にゃん!**　鈴江三万石江戸屋敷見聞帳
町娘のお糸が仕えることになったのは、鈴江三万石の奥方様。その正体は……なんと猫!?

**岩室　忍**
初代北町奉行　米津勘兵衛　**峰月《ほうげつ》の碑《ひ》**
激増する悪党を取り締まるべく、米津勘兵衛は〝鬼勘の目と耳〟となる者を集め始める。

**門田泰明**
**汝《きみ》よさらば（五）**　浮世絵宗次日月抄
宗次自ら赴くは、熾烈極める永訣の激闘地。最愛の女性のため、『新刀対馬』が炎を噴く!

**黒崎裕一郎**
**街道《かいどう》の牙《きば》**　影御用・真壁清四郎
時は天保、凄腕の殺し屋が暗躍する中、密命を受けた清四郎は陰謀渦巻く甲州路へ。